U0925251

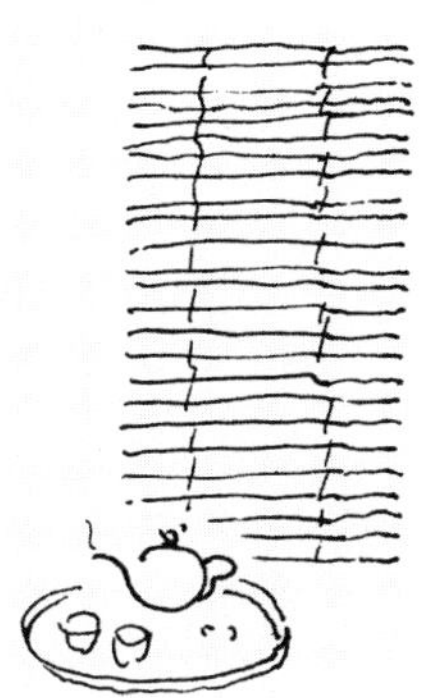

听风阁札记

韩水法 著

2018年·北京

图书在版编目(CIP)数据

听风阁札记/韩水法著.—北京:商务印书馆,2018
ISBN 978-7-100-16531-0

Ⅰ.①听… Ⅱ.①韩… Ⅲ.①散文集—中国—当代
Ⅳ.①I267

中国版本图书馆CIP数据核字(2018)第191238号

听风阁札记

韩水法 著

商 务 印 书 馆 出 版
(北京王府井大街36号 邮政编码100710)
商 务 印 书 馆 发 行
北京市艺辉印刷有限公司印刷
ISBN 978-7-100-16531-0

2018年8月第1版 开本 850×1168 1/32
2018年8月北京第1次印刷 印张 6⅝

定价:26.00元

十余年间

——《听风阁札记》序

动手写序，脑海却浮现了稼轩的几多词句。少时喜欢辛词万丈豪情，一本在绵白纸上抄就的《唐宋名家词选》，稼轩词的那些页面渐渐地泛黄卷边了。这个手抄本已不知去向，但常就眼前万里江山，而一笑人间万事。吟罢却也深知，越喜欢稼轩的意境，越到不了那样的境界。无论波澜壮阔的经历，还是性情天成与才气纵横，依《人间词话》的说法，不可学。生活场所于我，主要就是书斋和课堂。在早年，书虽然有几册，斋则是一个梦想。后来有了自己的住房，传统的习性油然而起，给书房兼客厅起了个名字，叫作听风阁。那个时候，这样做的人还很少，所以常有人问起，它是什么意思。

在上世纪末，大风还是北京冬天和春天的常态，它夹杂帝都的各种政治飞花社会落叶铺天盖地呼啸而来，又默然而逝，除了领略北方的凌厉，从中或可闻知季节变化和人事代谢。人们赞美北京秋天，这自然不错，但北京的风原是中国最有特色的气候，现在虽然渐渐地少了，似乎也弱了，但它作为那个时期的特征，依然有标志的意义。这或为听风阁意义的一个来源。明朝万历年间，无锡重修了东林书院，聚集了一大批士大夫，他们是否有益于明王朝的政治清明和国家运势，可以不论，但书院的对联则的确出色，一直到今天我都很喜欢。“风声、雨声、读书声，声声入耳；家事、国事、天下事，事事关心。”此联当包含了听风阁的本义。

这个文集的多数文章是在听风阁里写就，故题名为《听风阁札记》。父母之亲在吾辈就如天地一般，其实难以真切地表达，写下的文字只是说出了心情之一二。除了至亲，在人的生涯之中，老师的影响既立竿见影，亦会持久绵长，这样纪念的文字同时也是对自己见识经历的追忆。友情和山水一样值得珍惜和留恋，自然，有时也可用来调侃。人生不免有不了情，未成事，难断念，写下来亦是对自己的反省有个交代。记人或记事，我写文章总着墨于品格和性情。而从亲人和老师这些于生命最重要的人物身上，亦可领会自己生活的意义。

古人常叹沧海桑田，然而从农业社会发展到信息社会如此巨大的变局，以半生岁月，跨越了两个半时代，只是吾辈独有的经历。它的一个结局则是令我们无法回到青春之前所生活和游历的大多数地方，西湖或是一个例外，连西溪也与我少年徜徉时的人文地理相去太远。外在世界的变化既是顺乎天下大势，亦属不可抗拒。它造成了太多的经验和领悟。社会生活的规矩当然有用，但需要落实为法律和规则。人情世故的领悟对自身多半没有直接的意义，生命一次而过，生活不可修正，长时段的生涯根本不会重复，每个阶段都有自己的主题。况且人还有顽固的秉性。

在情趣、品味和观念上面，自忖自己也可谓特立独行，改变艰难，其实也不必改变。与人为善与特立独行处于两个不同维度，原可并行而不悖。观念和思想当然要由学术论文表达，而情趣和品味则可以写入散文一类性情文字。这样的文章就要写得让人读起来有愉快之感，它的面相就是简洁和干净。

这个世界造就了太多的有趣事情，人文胜地，高雅文学和艺术，太多要去流连的博物馆，要去徘徊的胜景，要扼腕的故事，生命实在不足够长而让人尽情享受这一切，况且还有至真至诚的感情呢！有太多的工作要努力，又有太多的事务要应付。世界之大，品类之盛，而我去过的地方实在很有限，真正抱歉得很！不过，亦有例外，这些年逐渐喜欢上攀登长城，春秋两季总要与朋友六七人学生十几人，在一位长城控好友的指导下去寻迹北京周边长城，每次都探访一段雄伟、瑰丽而略带艰险的城墙，得其乐无穷；这亦如少年时游水，在西溪水域，在富春江上，与流水一体。所去过的地方大都有文字记录下来，只是许多文字眼下还以草稿形式静卧在电脑里，这里收录的只是一部分成稿。从今之后，要费心把它们润色完成，长城的文章势必要写。为不负山河壮丽和此生的劳作，还要多走一些地方，去看看外面那些尚未到过的精彩而无奈的世界。

本集中的文字都是自2000年之后写就。像“安昌小记”这样的文章，《读书》原本不发，承蒙当时主编贾玉兰女士慧眼，不仅发了，还连续发了好几篇。另有几篇文章曾在上海《文景》刊出，亦是蒙当时主编杨丽华女士的厚爱。她们鼓励了我写作这些性情文字的热情，对她们的感谢之忱到现在依旧如初。

大约在2010年左右，动了念头，要把这些文字编成集子，唯是文章还略少了一些，于是筹划再改出几篇。文集的名称老早就已想好，当时又拟了序名，叫作“十年间”。但时光荏苒，它竟然迁延至今天，几近二十年间了。自天命之年后，心境便有变化，当时为序留下的几行文字，现在看来似乎有点陌生了。于是，这篇自序唯有重新拟就。

本月十八日，一早就有几位好朋友祝贺生日，而我平时并不过生日，且所认的乃是夏历对应的那天，在公历的九月。朋友的关心则令我真切地感觉到岁月逝者如斯夫，于是就想，既有的文章先出个结集，十年间总不能拖到二十年间。多年老友商务印书馆副总编陈小文一口答应，编辑关群德热心相助，于是，这个文集就面世了，而对两位的厚谊亦致以衷心的感谢。

在拟十年间之序时，就想好要把 2000 年 12 月 20 日写于德国图宾根干草山旅居的一首诗记入序文，为了纪念那个时间的生活和观念，生活和观念里的人们，以及渐渐远去的追忆。

中国情调

“冻顶乌龙煨烫青泥冲入景德胎瓷
天目长手绕过富士搂住东京楚腰
温柔的雪终于飘入德国强硬的冬昼
蓦然回首，玫瑰在话筒里潮湿地巧笑”

“锋利的铜绿色吐出无奈的英语
维多利亚海风吹起胸前的白帆

‘放开我！否则我就回家，或永不理你’
而雨伞就永远撑在清晨的红边”

“来，挽住我的手，还有那盏灯
天空里飞满了我旧时的长袍
海棠醒后，马踏飞燕而来，再会
——如有闲，买舟沽酒，挟一本护照”

“别闹！先在这里敲上黑白的云子
你那条长龙，还有双眼，如此张狂
那天，我用牙齿咬住香江的春潮
罗敷，你可知道，她喜欢临风梳妆”

“哦……那琴声为什么不是在昨天弹起
今天的梦就不会在咖啡里苦苦消耗
我要远行，在罗浮宫，与一个阿拉伯人聊天
维纳斯，请问，你还有什么业余爱好”

“孔子说，时间已经不早，而况世界
已经破碎……诗，就是自然在歌唱
天籁无言？寒树独立，绕指柔看柳如是
长剑倚天，风烟已净，可以上网”

2018 年 7 月 22 日写于北京褐石园听风阁

目　　录

微斯人，吾谁与归？

十余年来，一个念头不断地在我脑际萦绕。它有时会在初春早晨的残雨里冒出，而使我骑车去北大校园讲课的路程变得忧伤；有时它在龙井袅袅的清芬里飘起，而使听风阁内关于学术规矩的讨论激烈起来。一个仲夏的深夜，在加拿大约克大学哲学系的一间办公室里，我在电脑上敲下了“微斯人，吾谁与归”这个题目，突然间思潮汹涌，文章的“眼”做成了，许多原本看起来不相干的事情可以连成一气说出来，而自能肆言无碍。不过，这个题目以及当时写下的一些文字随软盘回到燕北园的听风阁，存在自家电脑文档期间虽然又添加了不少的段落，题目和这些文字却依然散漫地以我至今不知其原理的方式在电脑里静伏着，一直没有缀连为一篇文章。去年秋天它又装在笔记本电脑里随我来到德国，这次与它做伴的还有商务新出的《康德的知识学》。案头上这本新出的旧著，康德祖国森林里的空气，便令那个念头成了一种压力。我应该在这块土地上将这篇文字写出来，纪念我的老师齐良骥先生。

那也是初春的时候，先生丧事办完之后不久的一天，师母傅琰先生带信儿叫我去一趟。中关园先生的书房一如生前那样的安排，没有任何的变动。那本先生从大学时代就用熟了的斯密英文版的《纯粹理性批判》依然翻在先生最后所读的那一页，上面密密麻麻的红蓝等各色批注是我多年来所看熟的。师母先拿出一份先生亲笔的提纲让我看，她想知道先生的著作究竟写到什么程度了。在一页人们现在已经不常用的八开五百字格大稿纸的题头上，有"总体方面的设想、计划、方针"一行字，底下写着一些解释的文字和纲目。这个提纲非常清楚地标明了一部康德研究著作的完整而宏大的计划。不过只有第一部分第一编和第二编下面具列了每节的目录。

这时我想起在北医三院我与先生最后的那次谈话。先生很衰弱，见到我来还是很欢喜。躺在病床上的先生依然为自己未完成的稿子放心不下。我向来很少问及先生著作的具体情况，尽管我知道先生退休之后的精力全都花在撰写康德理论哲学研究的著作上了。但是这次先生主动谈起自己写作的进度，说分析论以前的研究文字大体完成了。我就说，那么，可以先出版已经成稿的部分。因为在康德研究领域，有不少专家甚至只研究分析论以前的理论，而到分析论为止的理论哲学研究，也可以说是康德研究的主流。不过，其中更为重要的一个原因是，我知道，在住院之前很长的一段时间里，先生不顾七十多岁的高龄，在晚间还伏案工作！这正是这次得病的主要原因，诚如师母在后记里面那沉痛的文字所描述的那样："先生自识年高体弱，唯恐难成夙愿，故而争取时间，日夜奋笔。然而由是更加心力交瘁。"所以我想劝他不必着急，不要过劳。先生以其惯有的谨慎口气说，也可以这样考虑。这是我见先生的最后一面，一天之后先生就突然因心肺衰竭而过世了。那次谈话的内容和先生的神态，是我一生最深刻的印象之一，至今还历历在目。

这样，当下我就断定，至少这一部分应当是成稿。我对师母说，将手稿与提纲核对一下，如果是成稿，就可以出版。果然，第一编和第二编是全部完成了的，约有一半以上的章节先生已经以其特有的一丝不苟的笔迹清清楚楚地誊好了，师母说，有些章节是她帮着誊写的——先生与师母两家是世代联姻的蒙满仕宦之家，他们两人又是青梅竹马，字都写得很好而且像，我有时很难辨别。其他部分则是有涂改增删的草稿，不过仍然非常清楚。我就一些具体的问题提了一些建议，并自告奋勇去与商务印书馆联系。当时，商务哲学编辑室主任是武维琴先生，他听完之后就一口答应，以稍为高扬的苏北口音说，齐先生是康德大家，他的书我们是一定要出的！他补充说，我也是齐先生的学生，也听过齐先生的课。

今天，在锋芒为经验不断磨勚而于好事多磨这个道理有了深刻的体会之后，对在中国做成一件事情，尤其有益的事情，我自忖养成了足够的耐心。所以在十年之后，去年初春，又是在先生那个陈设依然的书房外面的小厅里，师母将《康德的知识学》一书放到我手上，无限感慨地说“毕竟出版了”的时候，我只有一个想法：即便如此，它毕竟是今天汉语康德研究中最高水平的著作，为汉语康德研究树立起了一座丰碑。

康德研究在两百多年的历史中已经形成了自己的传统和多种不同的风格。各种研究著作的风格就其大端而言，或许可以粗分为两大类型。比较令人瞩目的一种就是对康德哲学的创造性的诠释或重构，如斯特劳逊的《意义的界限》就是完全从解释康德入手而提出新的理论。还有另一种写法，就是在创建自己理论时将康德哲学作为基本的理论背景，在这类著作中，康德的思想与哲学家本人的思想如影相随，叔本华的《作为意志和表象的世界》可以说是此中的秀林之木。在此书第一版序中，叔本华说，“康德的哲学对于我这里要讲述的简直是唯一要假定为必须彻底加以理解的哲学”，而名为《康德哲学批判》的附录又几近全书五分之一的篇幅。

第二类便是专门研究著作，其中又可以分为三种形式。第一种形式是对康德哲学的整体研究，这是一个很难完成的任务，如果没有高屋建瓴的眼光和博大精深的康德知识，这类著作的结局往往就是画虎不成反类犬，而其成功的例子有卡西尔的《康德的生平和思想》。第二种形式专门研究康德哲学中的一个问题或一个学说，其极致便是由此问题或学说而进至整个康德哲学。新手之撰处女作一般自然而然地采取此种方式，康德研究的博士论文大都属于这一类形式。当然，其中也不乏高手的名作，如普劳斯的《康德与物自身问题》。最为常见而且应该说构成康德研究著作主力的，乃是研究理论哲学、实践哲学或其他领域一个部分的著作。这种著作通常依照康德三大批判或其他著作的一部或部分为论述的秩序，以对相关的著作、思想、原理以及名词术语进行分析、解释、考证为务，并不在于提出一种新的哲学理论，不过对康德哲学提出新的解释却是题中应有之义。康德研究的经典之作，尤其专注理论哲学的研究名著，多数便以这种形式写就。较早的杰作有法欣格、斯密和帕顿的文字，现在则有艾利逊等人的。就汉语文献而论，六经注我而得以成一家之说，牟宗三先生当是第一人；而我注六经的康德研究文字，先生的著作则无可争议地是唯一的经典之作。

这样的评价大约会招致一些人的质疑和非难，笔者愿意另文回答一切可能而中肯的批评，而在这里只想简单地提出几点理由。第一，也是这里最想强调的，这是一本极其规范的学术研究著作，书中的每一句话都可以说是经年研究的结论，在书里书外都有相关的考证和分析以为奥援。先生一生致力于康德，约从上世纪七十年代起，就陆续发表了一系列论文，为这个宏大的研究做直接而充分的准备。比如范畴起源问题是康德理论哲学中的难题，先生在八十年代所撰的"康德哲学中范畴的起源问题"中，就对这个问题做了非常深入的讨论。实际上，除已经发表的文章，先生为此部著作还准备了大量的文字资料，师母曾经从那叠高逾半米的资料中拿出一些让我看过。规范的学术研究在今天的中国学术界依旧匮乏，而规范的学术著作便是弥足珍贵。就我熟悉的领域来说，某些出自"名家"的著作，常识性的东西一说就错，没有证明的独断之语，没有考证的臆想之说，比比皆是。

从先生的总体设想来看，《康德的知识学》不仅是对康德理论哲学的整体研究，而且也包括对他自己一生康德研究的总结，甚至要谈到业师的影响。康德哲学任何一个部分的整体研究，都是一项耗费时日的艰巨任务，而理论哲学尤其如此。这不仅因为必须至少了解康德的全部哲学，精通康德理论哲学的主要著作，而且探讨稍涉深入，就还必须熟悉至少康德以前的整个西方哲学史上的大家的思想。读者自可以在此书随时求证如上特点。这是第二。

第三，康德研究是一门国际性的学术，汉语康德研究自然有其自身的独特性，但是不可以脱离国际学术的境域；而直接参与康德研究的国际讨论，当是更高的要求。一些以前无古人的姿态出现的汉语康德研究文献，颇有自说自话的自负，却几乎没有与西方学者讨论的能力，因为连根本的问题也往往不甚了了。先生此著的许多观点乃是一家之说，而他的对手就是西方那些重要的康德研究专家。这些问题从专业角度来说，都在最困难的一列。譬如，《纯粹理性批判》究竟是内在一致的体系，还是“百衲衣”（patchwork，先生称之“拼凑说”），在这一个问题上，帕顿与斯密的观点是恰好相对的。先生向来反对“百衲衣”之说，而且与帕顿不同，也不允许易于导致“百衲衣”的观点的有效性。在第七章第 21 节中，先生以非常清楚的分析，指出即使帕顿也承认第二类推由六个证明组成的观点，是不成立的。这个小处着手而大处着眼的周密分析，正是眼光与功力的体现。

这一节是全书最长的一节，也是全书最为精彩的一节。先生在这里以其精辟的分析和证明抗论康德研究大家法欣格、阿的凯斯、斯密、贝克和帕顿，就休谟是如何影响康德这一始终聚讼纷纭的疑案提出了自己的观点及其令人信服的论证：康德应当在 1755 年之后就通过《人类理解研究》德译本而对休谟的基本思想有了全面的了解，这种影响与康德过渡时期的探讨一起导致约在 1772 年的顿悟。仅仅这一论证就足以使先生居于世界一流康德专家的地位。这种分析和论证，不是才子一夜万言所可以言其万一的真功夫。

读到这一段时，我不禁想起每次念及便令我肃然的一幕：在先生过世前一两个月的一天，在中关村路口至中关园东侧的人行道上，那时旁边还有一片空地，先生拎着一大布袋西文书慢而稳地走着。先生告诉我，他刚从北图借书回来。当时北京图书馆的服务虽然乏善可陈，却还保持一点国家图书馆的气魄，一次可借书十种，一种可含若干册。比如康德全集 29 卷也算一种。先生那袋书究竟有多少册，我不好细问，但显然很沉重，而先生几乎每个月都要去拎几次回来。这样先生便始终了解和掌握当时国内所能找到的最新而有价值的相关文献。先生当然也并非每次都得自己去北京图书馆拎书，先生的女公子当时就在北京图书馆工作，多次劝阻先生自己去借书。我也说，我可以代劳。但先生不愿意麻烦人，然而他的理由很正当：可以散散步，看看风景。直到进医院检查之后，人们才痛悟到，原来先生那时就可能有了大量的腹水。

许多康德传记都记载着这样一个故事，当康德的教授资格论文通过之后，康德的朋友称赞说，从此法国人再不能说德国无人了。这是一个伟大的预言。德国的思想在康德哲学出世之后，虽不能说独领风骚，却执世界思想牛耳达一百余年。先生虽然没有完成自己的整个计划，但《康德的知识学》也足可以让国人说，从此汉语康德研究至少在著作上面可以与西方人鼎足而立了。

《康德的知识学》这一名称表明对康德理论哲学的一种独特观点，这就是将其理解为一种关于知识的学说，从而与其他的解释，比如形而上学理论等等区别了开来。由于整个写作计划没有完成，所以我们无缘读到先生如此解释康德理论哲学的集中说明。不过，此书通篇都是围绕这个原则展开的，在全书的最后一节的最后一部分，列有康德知识学十七个核心论点。第一次看到这些本该自成一章，或至少一节的文字时，我曾有几种推测：这十七点是全书的核心观点，因而就是先生观点下的康德知识学的基本原则，它可以是全书的总结，但完全也可能是先生积年研究的基本结论，因而是全书的经纬。先生是否意识到自己身体不佳，就将最为要紧的论点列在后面，而向读者表明自己的观点？因为最后两个核心论点在现在这个稿子里尚未得到充分的发挥。无论如何，先生最重要的观点，亦即支持将康德的理论哲学主要看成一种知识学的这个重要的观点，已经得到了充分的论证。我们来看441页一段极为重要的文字：

“自然界的最根本的统一性不是本体论的统一性，也不是当时那种以力学为基础的物质机械运动的统一性，而是更高一层的统一性，即知识学，知识先天条件的统一性……一切事物，不论大小巨细，无不网罗于其中。我们靠着这个统一性，就有了一个自然，这也是我们了解的自然界，它有一些最普遍必然的规律，在这些规律的指导下，我们得以无止境地探索出各样的经验规律，于是，这个自然界就是可以预测的，有办法对付、利用的自然界。”

与其说这是康德学说，我更愿意将之看作齐式的康德理论，其中不正也透露出先生自己的哲学见解？这样的文字同样也是这部著作的精髓所在。由此，我也就有必要澄清，前面所说的康德研究两种类型著作的区别并无绝对的意义，没有实质上的分别，而只有程度上的差异。任何一种够格的哲学探讨，无论是哲学史研究，还是对问题本身的措置，都必定是哲学之思。

先生晚年写作期间，正是中国大学一般教师生活最为艰苦的时期，多数青年教师陷入了一个根本的困境：如果纯粹从事学术研究，就无法养活自己；而要养活自己，就得从事学术以外的营生。而先生面临的是另一种巨大困难：这本著作完成之后，是否能够付得起高昂的出版资助？有一件让人非常难过的事情。1990年，世界康德会议在美国召开，先生很早就寄去了论文，并且被安排在大会上做主题发言。但是，先生向各级单位的申请都遭到拒绝——我的悲愤已不是任何指摘和抱怨所能消弭的，细节不说也罢，然而事实就是，中国达到国际一流水平的康德学者竟一次也不能参加国际康德会议！先生在给我看会议寄给他的各种材料时，显得非常痛苦——这是我看到的唯一的一次；因为先生向来像康德一样，内心充满了宁静，以智者的态度生活。

然而，这并没有影响先生完成如此宏大计划的决心。我不知道这件事情对先生造成了怎样的影响，不过，先生的写作看起来是比以前加快了。我实在想不出别的理由来解释先生的行为，而只能说学术在先生那里原是一种神圣的职责，支撑先生的，就是我们今天这个时代极度匮乏的为学术而学术的精神。这个看似西方人的说法，在很早的时候就已经是中国人视野里的人生基点了："立言"原本是仅次于"立德"的崇高职责。一切把学术仅仅当作工具的看法在这里都失去了说服力。

我经常在想一个问题，为什么先生这一辈人其实更具有为学术而学术的精神，由此而浮想联翩，竟至于许多与学术不甚搭介的事情。自从入北大求学以来，二十几年的学术生涯，虽然生性散淡，疏于交游，却也在不可避免和有意无意之间熟识了不少人，但总觉得自己与先生一辈人有更多相同的志趣，或者用现在的话来说，更多的认同感。我也常常琢磨其中的原因，倘仔细说来，可能又太过复杂和迂曲。然而，较为清楚和明白的是，他们的观念，他们的中国风格和情调，认真的精神和诚恳的态度，尤其是狷介之性，常常有其令人着迷的神气，令人肃然起敬的境界。

在此书的总体设想里面，有“自己过去[一九五七年出版的书]对康德哲学的认识的自我反省”这样一段文字。1957年先生出版了一本论述康德的小册子，书名是《康德唯心主义的认识论和形而上学思想方法的批判》。在那样一个年代，这真是最司空见惯的事情了，如果没有一通批判，此书连出版也是不可能的。但先生认为那本书对康德的评价是不正确的，因此他自己要承担责任，对自己的学术观点进行反省。写到这里，我不得不想到今天中国思想界的有趣场面，一些人提倡全民忏悔——这原本是应该大加赞成的，但却同时大行即便从今天的观点来看也需忏悔之事，还有一些人认为自己不应该忏悔，虽然在批评他人时总是义正词严，虽然曾为“文革”的战斗队员或其他什么，因为有别人或者比他们犯了更大罪行的人还没有忏悔，所以他们也无需忏悔。

这种令人起敬的东西就学术层面而言，正是使学术达到炉火纯青的人的素质。先生对自己的学术观点一丝不苟。那篇拟定的反省惜未成稿，而使我们失去一次精神鞭策的机会，但在此书中我们依然可以读到先生对自己先前工作的反省。此书113页有一段长长的脚注，辨析知性纯概念究竟是功能和作用，还是表象。这原是一个十分奥衍的理论问题，即便康德学者也有不少对这类问题不是说不清楚，就是轻轻放过。因为，这里所讨论的虽然事关一个句子翻译的准确性，而其所承带的其实是对康德整个理论哲学的总体理解，并且唯有具备了自己特定的观点才可以有清楚的诠证。先生毫不含糊地指出了自己先前翻译的错误，也不轻易将自己的责任由其原先所依照的英文本译者斯密来承担。先生现在的理解即知性纯概念乃是功能和作用，对其所持的康德理论哲学乃内在一致的体系的基本观点，是一个有力的证明。斯密之所以持“百衲衣”说，除了受前人的影响之外，与其对康德许多重要学说的错误理解是密切相关的。在400页分析休谟如何影响康德的一段文字中，先生否定了自己十多年以前的观点，这也是一个同类的例子。当然，从中我们也可以看到先生晚年的研究在许多方面取得了重要的进展。

在那个恶湿居下的时期，人们得不断地降低自己对于正当事业的要求和标准，以便能够勉强地活下去。大学教师的职业在那个时代仿佛是一项志愿工作，有权当然也就生活无忧的人，不断地向人们鼓噪：创收！于是，笔者在当时每每为一个荒唐的逻辑所纠缠：你不能指望大学教师的职业所提供的报酬能够支付这项工作所必需的费用，即便勉强的温饱，你都必须自己在职业以外挣出来，遑论其他的一切。从事学术研究的人仿佛是有原罪的，必须经受一切的苦难才能得到救赎，但不是在这个世界。饮冰茹檗已经不足以形容当时我们那一代人的心情。

先生那一代人也经受着同样的贫困而却别有意味。有一天我出北大东门，看到先生在果园一侧的路边稳稳地走着。我下车趋前问候。他说，买了点新产的碧螺春，又补充说，东西越来越买不起了，想了很久，只是实在想尝尝，才买了二两。我的博士导师杨一之先生多次说到，即便在“文革”之前，每年也能吃上一两次鲥鱼，而现在竟是完全不可能了。历史在这里开了一个惨痛的玩笑，国民政府时期和平年代大学教师的工资竟成了九十年代中国大学教师的美谈，一个可望而不可即的理想。我们那一代人因此而身受三重痛苦：贫困生活带来的日常烦忧，过去和外部世界现实的压迫，以及乌托邦破灭和无力感。而精神的磨难则始终是其中的主调而难以消弭的。

先生是一个谨慎的人，他一般不谈这些生活琐事。除了学术问题，先生说及的别类事情很少，我至今清楚记得的寥寥可数。其中一件事关北大康德研究的传统：当年他念北大时，蓝公武先生讲《纯粹理性批判》，听课的只有四人，他，牟宗三和其他两人。先生对蓝先生和牟先生并无臧否，蓝先生之从事革命是后来我从别的书中读到的。另一件也有关康德研究，是我问及他才提起的。约在七十年代中后期，他在当时常去的灯市东口的中国书店里遇见一位早年的学生。这位学生有一部十几万字研究康德的手稿，想请先生提一下意见，先生觉得路数不同，不便发言而婉拒了。由此，我才明白那书第一版后记中所吐属的对京城德国哲学专家不满的缘由之一。我一直以为先生的措置是合理的。

先生的喜欢足球——少年时代中学放学之后，常常跑到东单体育场去看足球比赛，先生的喜欢昆曲，先生的写诗填词，都是先生身后由师母告诉我的。先生对于音乐的爱好是我从这本书中读出来的。我和杨先生在一起时，是另外一种情形。杨先生的博学和才气常常让人倾动；他少年成名，游学欧洲，从事政治；投笔从戎，交游缙绅，往来鸿儒——可惜这些在那个时代，竟成了他一生的包袱。我曾几次听他在谈兴如春之时用法语流利地背诵狄德罗的著作、《三国志》的文字——他钦服诸葛亮。每当此时，就会有精妙而出人意表的言论发表。在先生羽化后帮着编辑遗稿时，发现他早年发表的政论竟是那么的远见卓识，而使目下的许多时论显得陈旧不堪。每去杨先生府上在他的书房兼客厅坐下，多半他会先问我对某一事情怎么看，然后就会发表他自己的见解。杨先生不拘形迹，很合我喜自如不羁的天性；我有时甚至也敢打趣先生，先生对此不仅不在乎，反而很高兴。杨先生于律诗的造诣是极高的；我一直觉得此生可以同时引为高兴和遗憾的一件事情，便是与两位先生在诗词方面有同好，而竟未能向他们请益。

齐先生平生很少出行，在 1948 年，他原本有去英国牛津留学的机会，但因为肺病，怕不耐海上长途旅行的颠簸，放弃了。先生晚年对我说起这件事情，不免流露出遗憾的神情。他觉得，否则，他的外语就会好得多，而且，其实另一位罹患同疾的人，毅然出行，也无大碍。这件事在我脑子里总是与另一件事情连在一起。1937 年日本侵华战争全面爆发之后，北大迁至昆明。先生当时已经毕业，因为生病在家闭门读书。1941 年得知西南联大的消息，便远走四川欲转道昆明。期间在内江一家工厂当过一段时间的出纳，最后取道越南才到达昆明，历时一年有半。师母在先生面前提起此事，以揶揄的口气强调“管账”这件事，而我却是无法想象眼前瘦弱和谨慎如斯的先生在烽火连天的险途上长途跋涉，最终抵达昆明的情景——然而，这就是先生的精神。

在此书搁置了约八年之后，终于有了付印的消息。出版社和师母希望我能够将一些未及注明的页码补齐。在写下的那些文字反复磨洗而先生墓草几度枯荣之后，再有机会给先生做一点事情，是非常欣慰的。八年睽阔，再次读到当年即完成的抄本，旧著新颜，不免吁嘘。先生手头常用的是一套 W. Weischedel 编 Suhrkamp 出版的《康德著作集》，但在康德研究界一般以引科学院版为准——北大图书馆有一套半科学院版本，但借书是颇不方便的。多数引文已经注上了科学院版的页码，只有少数尚需补齐和核对。此外，一些引文已注明引用文献或作者，但尚需补足版本、页码或统一书名等等。这是我所做的工作，也是一个学生所应该承担的。如果天假先生以年，我也没有这样效力的荣幸。

十余年来，这个念头之所以始终压迫我，实在是因为我一直吃不准该如何说出面对先生在天之灵所想说的话来。在我中年之际写下的这些文字已无法将青年时代的情感倾吐出来了。少年懵懂时就读熟的纪念老师的名篇虽然常在脑海里浮现，然而这个时代使这里的文字应有与之一概不同的别调。四十不惑，其实是在行与不行之间，有了明白的选择；所以啸傲睥睨的心态便放在了一边，而只想说，在这个一切神圣性都已破碎的时代，受人敬重是一种绝响，而有人值得自己敬重就是一种福祉。我敬重齐先生！就像先生从北京到昆明的远行，虽然时经一年有半，却终于到达；就像先生这部著作，虽然倾注了全部心血和生命的最后一丝力量，却终于成就；我也应该这样去做。

2001 年 3 月 4 日定稿于德国图宾根干草山居

发表于《读书》，2001 年第 7 期

鹤鸣于九皋

——追忆王炜

自从进入北大念哲学，死亡就成了一个哲学问题，而亲睹死亡的事情却渐渐地经历得少了。比如，熊伟先生给我们讲存在主义，就谈到大无畏，黄继光舍身扑碉堡，是熊先生喜欢引做例子的。后来，我悟到，熊先生所理解的“亲在”就在这样一种行为中；在那一刻，应当不是向着死的生，而是向着生的死。

熊门子弟有一个特色，是喜欢熊先生；至少我所见所闻的，大抵如此。与王炜谈天，他经常会提起熊先生，而在我，也就会想起熊氏黄继光的说法。这是在三院东北厢那间大房子里讲的，王炜兄也在场。印象里那天有暖和的阳光，或许是在冬天的时候罢。与后来一些海氏学者不同，我总是觉得熊先生的讲法里面有一些深刻而生动的东西在，比如苏格拉底的讽刺。听到王炜去世的那一刻，我又想到了这个故事。

与王炜的交往是在读了研究生之后多起来的。在本科的时候，我在二班，他在三班当班长，大家忙着读书，他又忙着当他的班长，来往并不多。不过在年级里，他的引人瞩目，为人喜欢，却是理所当然的。毕业后，他继续读研究生，是有点出人意料的，因为他的行政能力当时就显突出，而后来就更为人乐道了。

那个时候，虽然有哲学系与外哲所之分，但是系里西方哲学专业的课与所里的课是共享的，于是就常常碰面了。八一级的研究生都住在廿九楼，跑上跑下，我常到那个充满海氏概念的宿舍去谈天，一会儿受遮蔽，一会儿又被澄明。

王炜的做事，是相当认真的。很早他就开始参与学术著作的编辑工作。他帮熊伟先生编《存在主义哲学资料选辑》，我也被拉去翻译雅斯贝尔斯的文章。他辅助熊先生编的另一个文集是《现象学与海德格尔》，我也受命写了一篇论文，即关于胡塞尔与康德意识研究的比较。在那个文集序的附记中，熊先生写道，“本文集的组编校订工作主要由晚辈学友王炜代劳，历尽艰辛，可感至深，谨以奉闻于著者读者。”这里所说的艰辛自然也包括出版在内，这个文集最后是在台湾出版的——那时在中国大陆出版学术著作的艰难，是未经历者所无法想象的，而对我们这一代人来说，永远是一种苦难的回忆。

上世纪八十年代后期，正是文化、思想和团体活动相当自由的时期，若干团体应运而生，奋力将西方的各种思想介绍进来。王炜是“文化：中国与世界”编委会的成员，于是就看到他抱着一捆捆的稿子匆匆来去的身影。到他三元桥堍上的家，总能看到书桌上摊着的和堆着的各色稿子。后来，就出了大事。一时风流，竟做云散。当北京的学术慢慢恢复一些生机时，闲谈之中得知，那一套丛书差不多是王炜和其他一两个人在支撑着。

风入松书店初开张时，王炜颇有一套学术书店的想法。于是，周五哲谭就被请到风入松去办了一次。那次的主讲是韩林合，题目是“庄子”。风入松的出现，令北大南墙一带生出一丝书香，于是，有了可逛的书店，在当时恶俗的氛围里有了一块让人可以呼吸的地方。每次见到“人，诗意地栖居”那句话，我总觉得意思译得太过乐观，或者美好；倘若译成“人，诗一般栖居”，可能意思更加丰满；偶然，突然，烦，劳神，惊喜，狂喜，愤怒，疯狂，失意，悲伤，忧郁，还有郁闷，都是诗要说、可以说的情感和境界，而这正是理论不能尽行阐述的。最后，王炜像诗一般去了；往生是往生者的永恒，而居于此生的我们便体会了难言的忧伤，此在的偶然。

二十多年来，在我印象里的王炜，总是那么从容地忙着。记得九五年在合肥开会，王炜举重若轻地将一切事情弄得井井有条，很让那一圈现象学家感叹，但感叹仅止于“现象”——因为这是很多人所不能的。

我与王炜之间的谈天，话题大多是学术上的事情，系所的杂务。仔细想来，私人的事情是非常之少的。王炜大病过后，倒比先前更加洒脱。大概有两个学期，我们的课排在同一天下午，都在外哲所。散堂后如果碰到，就坐在一起谈一会儿天，相与谐谑。当然也说些正事，比如，他说正在策划一套新的丛书，筹办“林中路”书店，而我就等着去林中路转转，无论书，还是树，都是我喜欢的。有时抽他一颗烟——我不抽烟，但君子见好烟，不好放过，所谓伊人，於焉逍遥。

生活的意义，是因为与亲人、同学、朋友和同事，或者还有恨和所恨的人的交往而有其活泼的生息、葳蕤的园地。鹤鸣于九皋，声闻于野；二十多年，虽然时有间隔，音有远近，我们总是能够在哪一天便真切地听到王炜的声音。今天，这鹤鸣已成遗响，那诗就添了林中的秋色，路上的忧伤。

那天，二〇〇五年四月十三日，下午，当这些追思突然婴薄我心时，就化成了如下的两句：

由此在之彼岸　万卷读来林中路

惟上手而烦神　长歌唱罢风入松

二〇〇五年七月廿六日写定于北京魏公村听风阁

刊于《长歌唱罢风入松》，北京，新星出版社，2006 年

悠长的书香

灿烂的阳光从树叶间洒下来，树下的长条凳，凳上的咖啡杯，杯周围和上空的袅袅的轻烟，手臂的舞动，脸上闪闪的茸毛，甩出来的一串串有金属声般的德语，错落而成一幅动的光阴。

旧书摊似乎在光阴的边缘。在这样一个初夏的中午，那一本本一摞摞的旧书随意地摊放在桌子或活动条案上。这是在图宾根威廉（Wilhelm）大街大学食堂前的小广场。淘书的人散落在长长的摊前，看的人多，买的人少。摊主就是常来摆摊的那个中年人，或许是午青人也未可知。

关于德国的书与贩书，我有许多的印象，这是其中很鲜明的一幅。

在这样一个时刻，学生，以及在大学城里生活的各色人等，更在意的其实是享受那惬意的一刻，而不是那些旧书。书摊是中午时光的一个因素，仿佛是来消闲的，无需着意，然而，缺之便使得这个时光不完整。食堂对面就是大学的图书馆，你有足够的力气，就可以搬几十本书回去读。那么人们为何要与书贩饶半天价钱购一本旧书呢？为了拥有几缕属于自己的书香。

这个书摊偏多文学、历史著作，一些专以大学生为对象的袖珍丛书，或曰口袋丛书，还有一些画册。据说，有几本书很有版本上的价值，书贩也不时向偶尔一遇的行家介绍他的珍藏。可惜我不懂，只是随兴地翻翻；有时碰到有大量插图的历史书，真是生面别开，但价格昂贵，虽然喜欢，但也只是止于此。真能掏出来钱来买的，还只是研究领域中的文献，并且是要带到北京去用的。

时有人说，在书摊上经常可以淘到书店里遍寻不着的书，但对我这样只买大路货的人来说，书店与旧书店还是更好的去处。冬天的时候，书摊搬到了食堂里面，书摊前面活动的人头和手也多了起来。一天，我在书摊上发现一套迈纳尔（Meiner）版的柏拉图全集，价钱看起来合适，虽然有点显旧，书相还是不错，书页之间也没有什么划痕，就买了下来。过后不久告诉了一位朋友，但他却说，在威廉大街南头的威利书店里，一套新的也只是稍贵了十几个马克而已。这自然有点扫兴，于是，我便觉得，哲学书大概是不宜到书摊去淘的。

威廉大街上有许多书店，最大的一家叫作奥西安德书店（Die Osiandersche Buchhandlung），1596年就开张了——三百多年的老店，但只售新书。巴符州一带的许多城市里有它的店面，最新出版的德文书都可以在这里找到，种类也非常地全，价格自然是不菲的。它自称可以提供的书籍达150万种之多，很让人感叹。店铺上下三层，实际上却并不大，但布置得高低冥迷，峰回路转，使人油然生发书外有书、学海无涯的情怀，而一时迷离起来。

不过，其实这还不是淘学术书的好去处。因为新，所以在架子上放着的多是研究性的著作，成套的原著却是很少，因为它们不可能每年都出新版，也不会每年都印一次。当然可以预订，但没有随手可取来得尽兴。二〇〇一年临回国前我在这里买过一套迈纳尔出版社一九九九年版的哲学百科辞典，好像花去不少马克，现在却记不得是多少银钱了。

图宾根淘学术著作的最好去处有两个。一处就是前面提到的威利书店，它与奥西安德相近，全称是 H. P. 威利旧书店、书店和出版社（H. P. Willi Antiquariat，Buchhandlung，Verlag）。虽说是旧书店，大概也真有旧书，但我目之所及多是陈书，而非人用过的旧书。我兴趣范围以内的书很多，尤其是各种哲学全集很全，整套整套地搁在架子上，很是壮观。橱窗里，堂前的地上堆放着店主时时隆重推出的作品，比如尼采全集，胡塞尔文集，有一次是黑塞（Hesse）全集——这位老兄是在本城做书店小二出身的，倒一直没有弄清楚他是在哪一家佣工的。店的后堂，在桌子上、书架上多是文学著作和口袋系列。我记得，我那套黄色封面的歌德全集和黑色封面的卡夫卡全集就是从这里买来的，那套绿色封面的荷尔德林全集也是从这里搬回来的。前厅则多学术著作。科学院康德全集前十一卷就搁在大门正对的书架的最高一层上面。有两种，一种就是褐色硬面的原版，价值上千马克，另一种就是一九六八年影印的蓝色软面版，开价几百马克。多次出入这个书店，在梯子上几次爬上爬下之后，才买下了那套蓝面康德著作。因为第一次到德国时，囊中羞涩，只能来翻翻过干瘾。再次到德国时身份既变，窘境不再，抱得康德文集归，否则回去不好向自己交待。它是最全的康德著作集，也是编得最好的康德文集。它的页码是国际康德学界的通用页码，不过，字体却是花体的，读起来颇有点麻烦。这应该是我在德国买的最贵的一套书。

来多了，跟店主也就有一点儿熟识了，有时也就跟他还点儿价钱。这个不算小的店面也就他一个人看管，很多德国的旧书店都是这样经营的。店里是相当整洁的，书无论新旧一尘不染，也摆放得很齐整。

在这个店里还淘到了两种很值得一提的书。其一就是韦伯的《经济与社会》。这本书曾经受到许多人的批评，因为它是韦伯死后由人编辑而成的。批评者认为它把韦伯一些不同时期的手稿、著作编在一起，甚至抽编在一起，不符合韦伯原来的思路。据说，一九八五年最后一刷之后就再也没有印过。韦伯研究版文集编辑启动之后，此书大概再也没有重印的可能了。我所买的这本是一九八〇年印的。新编的研究版文集太贵，国内只有两三个图书馆在收藏。所以我还是选择了同样是 Mohr 出版社出版的单行本，如《科学论文集》、《政治论文集》。前一本也是在这个书店以低价淘得的。

其二就是施密特的著作。这位在国内很为人追捧了一阵子的法学家，其书在德国卖得并不是太好，因为他的著作并没有口袋版或学生版，只有那种很板正的十六开本，所以卖得奇贵。在德国，一本著作是否受欢迎，很可以从价格上看出来。迈纳尔版的康德三大批判合在一起卖才五十多马克，而施密特的一本九十一页薄薄的《合法性与正当性》（Legalität und Legitimität）就要价三十二马克。当时在图宾根好像也就这一家才有施密特的书，并且架上就只有一套，我就把它们一并买下。于是，我的施密特原著藏书就领先于国内的各大图书馆了。

图宾根另一家比较对我胃口的书店是“嘉斯特”（Buchhandlung Gastl），它位于图宾根老城地势最高的地方。入口是一扇单开门，推门而入，堂面显得逼仄，但有通向不同房间的门，别有洞天的样子。它大概也真卖一些旧书，好像有许多画册，但我记得清楚的是楼上那些厚重的学术著作，以及那个专卖英文学术新书的小房间，还有几乎仅容一人过身的通道。《政治论文集》是在这里买下的。韦伯研究版文集的《儒家和道家》、《印度教和佛教》也是在这里发现和买下的，每本三十九马克，相对来说很便宜；因为重新编辑过的有关经济与社会的文字，分成了好几册，每册都在一百马克左右，终于不舍得出手，只好请学校图书馆订购了。楼梯靠里一侧也搁着一排排的书，大都是苏尔康（Surkamp）出版社的学生版口袋书。我的几本哈贝马斯的书就是从楼梯间抽出来买下的，比如《交往行动理论》。

在德国教书那一年，搜集了许多韦伯的原著，原本是为做进一步研究而用的。这些书放在自己的书架上已经多年，虽然时常翻阅，但研究的重心却一直未能回到这上面来，因此这些令人喜欢的书就在夜灯里常常提醒我生涯意义的历史性。

虽然向不重版本，但偶尔碰到却不会放过。记得在日本大阪的那半年，到神户去逛，在中央区三官町看到一家专卖“和汉洋”古典籍的后藤书店，门口两边架子上的纸箱里放着许多西文著作，中间竟然有一本一九二八年第一版的胡塞尔的《内在时间意识现象学讲座》，这是由海德格尔编辑整理的，旁边还有一本胡塞尔的《纯粹现象学和现象学哲学的观念》。原来价定得很高，估计很长时间卖不出去，于是店主就来了一个优惠：买一本，原价，买两本，第二本就优惠至一千日元。不会日语，但凭汉语与店主还了一番价钱，最后用二千日元把它们买下，小有自得。这是出于纯粹的兴趣，因为我已经在那家威利书店买了一套胡塞尔文集，其中就有《纯粹现象学和现象学哲学的观念》，而那册《内在时间意识现象学》到现在为止一直就任凭它以本身的方式存在着。这家店主是有心人，在每本旧书里都夹一张有店名地址电话的书签，但正面却是乡先贤陆游《晚兴》里的一句“千卷蠹书忘岁月”，见此不免心中微微一动。

为此，后来又去过这家书店几次，在这里淘到了一本修订版的《正义论》，也才一千日元。店里最多的是线装的汉语古籍，很想买几册把玩，后来一位行家告诉我，这是日本汉籍，并不珍贵。于是，就想起当地中华街上的中餐，滋味原不地道，在日本人看来却是中土的风味了。这样又联想到，在海外要解国餐之馋，只有自己做一路，中餐馆大概是去不得的——只有多伦多例外。在大阪还淘到过蒙田散文的英文版。那天是送妻女回国，回程在一个名叫天下茶屋的站换乘，趁便就跑到站内的天牛堺书店随意浏览，在众多无聊的小说中见到三卷本蒙田散文的前两卷，精致的装帧让眼睛一亮，很便宜的价钱，便买下，在电车里就读了起来。

在德国还有一处地方是可以淘旧书的，那就是跳蚤市场。不过，学术一类的书是难觅一册的。常见的是儿童书籍、小说、教科书。不仅便宜，还可以还价。有时也会遇到极古旧样子的书，但不谙版本，所以只翻而不买。通常把书带到跳蚤市场来卖的人，其兴趣所在，大概就在这个市场本身，而不在于钱。所以你翻书，一样样地翻看各色古董旧货，摊主是不会介意的。据说，有一个人在德国的跳蚤市场里用五马克买到过一幅徐悲鸿的画，此事的真假无从考证，但在德国枯燥的生活里，是常为喜逛跳蚤市场的人所乐道的。其实，在那种地方最有意思的事情，是淘几件半旧不古的德国小玩意儿，放在书边上，添几许异域的情趣。

行走在图宾根这个几乎唯一没有被战火摧毁的德国古城中，进出那些藏身于古宅中的旧书店，想起这个民族的思想对国人的复杂影响，那教堂的钟声就显得格外地烦人。

记得那次在洪堡大学的广场上看到的一九三三年纳粹焚书处的标记，上面特意提到秦始皇烧书一事。仿佛世界上烧书的事情，都是秦始皇教的；那烧亚历山大图书馆的罗马人以及后来的纵火者，不知是否读了始皇本纪一类的书而后才点火的？纳粹烧得最多的是非德意志的思想，所以马克思一派的社会主义的书籍都在焚烧之列；具有讽刺意味的是，在“文革”中，那些黄帝的子孙们正是跳跃在马列主义的旗帜之下，烧的却是真正的中国的书籍、文物，还有中国人的精神和良心。对自己的传统，对人类极致的精神产物的这种刻骨仇恨，回想起来依然令人胆寒不已。焚书者所焚的书或许内容不同，但他们的心态在根本上却是一致的。今天把那些承载我们民族的历史和文明的古城、建筑彻底摧毁的人，也正是他们的谬种流传。

淘书之志总在于阅读，而读书之志便在于兴怀。人可以仰观宇宙之大，俯察品类之盛，而畅叙幽情，或放浪形骸。不过，王羲之说，人生修短随化，终期于尽，所以他要把文章集而为书，让陈迹得以流布。原来先人早已明白，有了文字之后，书使光阴成为人人可以一见的流派，而现文明的来龙去脉。倘若书是烧不尽的，那么读书人就可以在千百年前的暮春里一觞一咏，而在千百年后的初夏里复为之一嗟一叹。

二〇〇七年六月十日写于北京魏公村听风阁

发表于《文景》，2007 年第 8 期

金缕曲

——柏林记事

序

柏林以前来过几次，不过走马观花，匆匆而过。从容而有时间有兴致来细细地品味它的生活世界，需要小居一段辰光。在2007年2008年头尾之交我就有了一个机会。虽然时在冬季，却并不觉寒冷，反而可以感受一下德国忧郁的冬天氛围——后者被许多人说成是德国历史上若干重大事件的一种原因。

柏林正在努力地恢复其昔日的地位。但是，就如普鲁士的辉煌已成往事一样，它的许多尊荣也只是往昔的回忆了；尽管比战前更奢华，更宏大，它在政治、文化和经济上的地位则确实是难与昔日的光荣比肩了。在欧洲的以及世界的历史上，德意志及其祖先古日耳曼人的历史和事迹总是大起大落，大开大合，留给人们太多跌宕起伏、令人惊叹和不堪回首的回忆；诚然，那些事件人们也恰恰只有在记忆里才体会出它们的伟大与深远来。这也就可以理解，当代德国文化人为什么好谈历史记忆与文化记忆。

北京大学德国研究中心与德国国家学术交流基金会（DAAD）的合作已有了三年的时间，按协议每年有若干名中心成员可以来德交流。前几年因各种原因，少有人来。这次似乎一下子有了兴致，前后有五位同仁到柏林来游历，还有两人从德国其他地方跑来柏林和我们相聚。这个冬天，最多时就有七名中心教授在柏林逗留，加上中心派出的九名学生，共有十六人之伙。中心的师生会师在柏林，这里就要增些生色。

而我，再次来访德国，来到当代德国的心脏，自然就要去访旧探新；时值中德关系波澜微起，中国人在这里自然也会平添不少新的见解，勾起旧的感触。

短短两个月内的事情，也可谓丰富多彩；倘若不付诸文字，以后也就有如淡云散雾，依稀难辨，辜负了这一段时光。

记事之一：访问柏林-勃兰登堡科学院

早年拜读康德著作之初，对柏林科学院版的康德全集就产生崇敬的心情，于柏林科学院自然也很神往。此次在柏林时不仅有幸参观访问了这家科学院，还与有关专家做了深入的交流，的确是意外的收获，应当首先一记。

记得文潮兄请我们一干人到其府上做客时，邀我们去参观他的莱布尼茨研究所，当时就欣然承命。因为康德全集编辑所、国际版马恩全集（简称 Mega）编辑所也属于柏林-勃兰登堡科学院，所以我也就顺便要求访问那两家研究所。文潮兄不久即安排好一应事宜。因为Mega所在柏林市里，我们一行先去参观Mega所，改日再去参观康德和莱布尼茨研究所。不过，我要先从康德所讲起。

柏林-勃兰登堡科学院的一部位于勃兰登堡州首府波茨坦一所古色古香的府第之中。院落中央有一座现代小楼，康德所就在一层，莱布尼茨所在三层。康德所的卡尔（Jacqueline Karl）和格贝尔（Anja Gerber）两位女士在周围满摆各种康德文集的工作室接待了我们。卡尔女士介绍了康德全集所的主要任务。

卡尔女士的介绍可概括为三个方面：即康德全集编纂的历史——这自然也就牵涉到柏林-勃兰登堡科学院的变迁史；当前他们工作的重点；最后是如何研究和处理手稿的一个演示。第一部分是一个很长的话题。他们现在工作的重点是四项，即编辑康德学术活动的文献和2000年新发现的康德批改过的鲍姆伽登的形而上学原本，新编三大批判，新编康德遗著（Opus postumum），最后就是尚未编完的康德《自然地理学》的讲稿。他们的主要任务是编辑出版新的康德全集，包括两个方面。一是重新校订康德生前出版的著作，将文字拼写恢复到康德当年出版时的原样，从而避免因不断出现的正字法而不断修订康德文字的拼写；比较典型的一例就是将Kritik恢复为Critik。另一个方面就是重编康德的遗著，也就是现在尚存的康德一些笔记类的手稿，包括揭示它们逐次修改的过程。康德这些手稿并不是某一部著作的成篇稿子，而只是保留下来的若干散页乃至字条。其中有些年代是不可考的。卡尔女士在电脑上给我们展示了如何从一页康德多次修改的手稿上，复原和建立修订逐次添加上去的秩序。看完整个过程，我们真是有点惊奇，德国人的文本研究竟然可以做到这个程度。[①]

相比于康德全集编辑的精益求精，莱布尼茨全集编辑工作则是让人叹为观止。这部全集编辑工作从 1907 年正式肇始，计划在 2055 年全部完成。按照规划，全集要把莱布尼茨生前所写的每一个字都编进去。于是，甄别莱布尼茨文字的真伪以及时间就成为一项基础性的工作。研究所为此建立了四套索引，其中包括莱布尼茨时代及前后的典型建筑的照片、纸张的水印等等，以便确认有关文字的年代和日期。就如康德文集的编辑一样，这个研究所同样也建有一个分类详尽检索方便的电脑资料库。文潮兄因为是这个所的负责人，所以不仅带我们观看了他们的索引系统，还打开了保险柜，让我们欣赏了为编辑全集而搜集的莱布尼茨时代及以前的许多珍贵古籍。——这些是一般人不容易看到的。

文潮兄特别提到，这样的编辑工作其实是相当枯燥和繁琐的，但是，这里的工作人员都真正热爱此项事业，常常会自觉工作到夜晚。确实，我们所见到的学者都是愉悦、友好和专注的。除了德国学者对学术工作认真和彻底的态度，令我们感动的是德国政府对文化的持久的重视和巨大的投入：编辑莱布尼茨全集一册所费约需 50 万至 60 万欧元，总共 120 册的规模，其巨大的经费令人咋舌。不过，这实在是经过反复筹划、精心计算过的项目，是非常有价值的事业。[②]

---

① 关于康德所和全集编辑工作的其他详细介绍，可参看当时同行的陈晰的文章“记《康德全集》的编辑与出版”（《文景》2009 年 1、2 期合刊）。

② 关于莱布尼茨全集编辑的详情可参看李文潮的“莱布尼茨书信与著作全集”（《文景》2008 年 12 期）。

在这之前我们访问了在柏林市中心的柏林-勃兰登堡科学院总部。还未进门就看到墙上一块标牌注明，爱因斯坦曾在这里工作过。它的前身就是大名鼎鼎的普鲁士科学院。

虽然我们一行只有我一人是教授，王歌是博士后，还有两位硕士生，但由文潮兄带来，所以科学院派出主管科研的托马森（Johannes Thomassen）博士、国际马恩基金会负责人暨Mega所负责人诺伊豪斯（Gerald Neuhaus）博士教授及其副手胡贝曼（Manfred Hubmann）博士接待我们。托马森博士主要给我们介绍了柏林-勃兰登堡科学院以及德国科学院的情况。由此，我们才得知德国没有全国统一的科学院，而是有八个系统的科学院。除这个以外，还有巴伐利亚科学院、莱布尼茨科学院等。现在这八个系统筹划组成一个全国性的组织，不过只是一个联合会式的组织，而不是一个实体。我问他，像莱布尼茨全集这样一个要持续一百多年的项目是如何决定的？由谁来决定？他说，所有项目由科学院的学者提出计划，然后在八个科学院中讨论并投票决定。一般来说，一个项目要经过两年的时间才能得到批准。

我们来这里主要是参观Mega所的，所以接着就是诺伊豪斯博士介绍Mega的情况。他一开始就强调同意我所说的要从学术角度研究马恩著作的观点，并说他接待了许多中国人，这是第一次听一个中国学者说出这样的观点。Mega现在由一个国际基金会支持，也得到德国科学院系统的资助。整个Mega分为四大部分，共114卷。现在依然遵循上世纪八十年代时订定的原则，要收录马恩的所有手稿。马恩手稿的三分之二在荷兰的国际社会史研究所，三分之一在莫斯科。不过，这个Mega所才是国际合作和编辑的中心。诺伊豪斯说，以前苏联与东德合作时，苏联人不允许马恩全集卷数超过列宁全集。现在这个限制自然就不复存在了，其他的意识形态限制也一并消散了。

诺伊豪斯是一个真正的文本专家，对全集已出版或将要出版的著作几乎是了如指掌。他给我们讲了许多有意味的事。比如，马克思很博学，晚年还研究化学与数学的前沿问题；又如，这个版本是批判版，所以马恩著作中引证的每一句话都要找到出处，为此就要比较许多文献才能够最后确定，在这中间就发现了许多名言警句的出处被张冠李戴了；《德意志意识形态》是一部未完成稿；如此等等。诺伊豪斯也提到，他年轻时在给所编的著作写前言时，得说意识形态的套话，那是1989年以前的事。这样的前言在今天看来是相当荒唐的。

与访问波茨坦时一样，在这里也经历了内心的震动。比如，现在参编Mega的人员只有苏联主持其事时的百分之五，但所做的工作却比当时多许多，效率也要高得多；又如，日本学者参加了Mega的工作，他们给我们看了由日本学者主持编辑的一卷；据说Mega有好几卷都将由日本学者主编。中国从事马克思主义研究的学者应当是日本的几十倍乃至上百倍，但是现在没有一个学者具有参与Mega编辑的学术水平，至于主编一卷则更不用提了。在Mega的网页上连中文版也都没有。听到这些，既生浩叹，也不免惭愧。然而，不用论及其他，以理智的诚实来对待学术工作，在国内却是一种少见的精神，且也受到一定的外部束轭。

诺伊豪斯娓娓道来，差不多介绍了两个小时，其副手胡贝曼偶尔插话补充。离开时，他们送给我们每人一册价值不菲的新编

Mega 著作，这让两位学生很开心。

记事之二：犹太博物馆

那是一个阴冷的冬天。德国中心的几位老师与同学结伴去参观德国犹太人博物馆。它在德国很出名。

博物馆门前停着几辆警车，有不少警察在周围梭巡。每次路过洪堡大学附近的德国总理住宅，看到也只有两个警察在那里走动。相比之下，就可以体味出情形的特殊。

博物馆设计得非常特别，从天空往下看，就好像是两个随意写成而连在一起的 W 或 M，进入馆内则没有多少曲里拐弯的感觉。据说，建筑本身同博物馆一样有吸引力。犹太人在欧洲和德国的历史，他们的社会，“二战”前德国犹太人的家居与杰出犹太人的展示，都表明他们虽然世代受歧视，在经济和文化上却不仅脱颖而出，其成就也颇有傲人的气势。因为电影和各种资料看得多了，集中营的部分就比较熟悉而不觉新鲜了。德国犹太人豪华生活的展示则显得有点刺眼；同样地，犹太人几无反抗地遭罹了纳粹的迫害，也是令人讶异和叹惜的。

我常常试图理解如下事件的逻辑：德国是欧洲比较早接受犹太人融入社会的国度，但在魏玛宪法赋予犹太人以与德意志人完全同等的公民地位仅仅十余年之后，纳粹就能够带领或者煽动起几乎绝大多数德国人起来共同迫害犹太人。这个曾经孕育了犹太人举世瞩目的成就的国度竟成了迫害犹太人最为彻底和决绝的地狱。个中的原因并不是十分清楚的，或者说至今为止的许多解释是不那么令人信服的。或许因为某种禁忌的缘故，相关的研究不够深入和全面，不同的观点也不能得到充分的讨论和表达。

就在同一个时期，日本侵华战争导致了日本军队对中国人大规模的屠杀，而这场战争更是严重地干扰和改变了中国现代社会发展的进程。不过，我也常常在思考这样一个问题：迫害弱者是不义的，这一点不言而喻；然而，其不义的理由并不单单在于迫害弱者，而在于一般地侵犯人的尊严，在于反人类的性质。因此，人们需要反省的是：受害者反抗迫害当然是正义的行为，但弱者并不单单因为其弱就成了正确的或善的。受害者如果不反思这一点，就有可能出现两种消极的后果。其一，就是步强者的后尘，以为其受害仅仅在于没有强者的力量，而不问正义和道德的原则。其二，沉溺于受害者的心态之中：因为我或我们是受害者，所以我就是正当的；所以我或我们的状况、态度和心理就是理所应当的。因为那种状况和态度或许也正包含了种族主义、破坏心、怨恨和仁爱精神缺乏和不求上进这样一些因素。此种心态倘成依赖，那么弱者或许就会长久乃至永远保持其弱势的状态，并以受害者的眼光来看待一切。

博物馆在临近出口处设有一个让人躺卧的特殊的圆形沙发，上面放着一册系以绳子的海涅诗集。忽然就想起当年下乡时在造桥工地守夜，躲在桥墩的基坑里读海涅诗选的旧事。当时并不知道海涅是犹太人，对犹太人问题也不甚了了。究竟是哪一本海涅的诗集，现在已经不太清楚，只是记忆中那诗集的纸张在电灯光下特别的白，或许背景是深夜星空的缘故。回想起来，我最早阅读的德国作品，都是犹太人的文字，即马克思和海涅。对于海涅后来也没有了多少兴趣，但在旷野的夜里读海涅诗，却是个人记忆中鲜明的亮点，是苦难生活中的温暖一叶；在这里，它又因缘闪烁了一下。于是，我就躺在这个沙发上，念起海涅的诗，并让同行拍了下来。

记事之三：维腾堡之行

维腾堡是路德之城，而在我的记忆中，也成了一个雨城，寂静之城。

在一个冬雨霏霏的星期日早晨，我们一行人来到此地。浩浩荡荡地下车，走进这个古老的小城；空荡荡的街上几乎没有行人，整洁而寂静。我们的到来给这个小城，这个历史上一度辉煌而今天有点落寞的小城带来了愉快的人声。大家欢欣地不断发现一些熟悉的名人在此城的痕迹，他们的名牌一块块地钉在街边楼房二层窗户下方。不过，小城实在是太无人气了，中午时分寻餐馆，都找不到人问路。王建教授，这次旅行的统领者，好容易看到远处的街道上有一对男女，走去一问，却也是游客。

维腾堡原来是东德的地盘，据说现在的失业率高达百分之三十五。教堂里也没有看见有多少人，本地的乡亲在哪里呢？

路德博物馆看起来是劫后重生的。博物馆里保留了一堵残墙，被玻璃罩仔细地保护了起来。它是路德曾经修行的修道院，他后来成了这个府第的主人。博物馆收藏有若干珍贵的宗教改革的文物，还有路德生前用过的家具和书籍。

真正从那个时代遗留下来的文物并不多，不过弥足珍贵，比如那个时代的书信，还打着红色而潇洒的封蜡。主要的展品是一些日常用具、武器、衣物和钱币等。最多的还是书，各式各样的书。那些大而厚的古籍，羊皮封面装帧，还带着可锁的铜扣，给人以厚重和傲世的深刻印象。印刷术发明于中国，但到了路德时代，德国书籍的印刷，尤其是装帧已经与现代没有多大的差别了——只是书籍尺寸总是那么宽大；而在中国一直到十九世纪线装书还是主流。

要了解所有这些建筑、这些遗物以及这些书籍的意义，是需要坐下来细细地阅读摆放在橱窗里的那些典籍、书信和文告，阅读其他的历史文献的。文字是我们追溯历史回到先前的明灯。

因为研究德国哲学，也就关注德国的社会-历史。了解既久，感叹愈深：德意志要么不出人，要出就出改变世界的人。按照韦伯的理论，欧洲社会就如任何其他社会一样，原来是有多种发展的可能性的。新教的出现则将欧洲，同时也将世界带进了现代化的单行道，只能一往直前，不复有回归的希望。路德就是这样一个改变世界的人。

他掀起了世界历史的高潮，却出生、生活在维腾堡这样一个不见山水的平原地方，在审美上，不免让人有些遗憾。当年拜访尼采的出生地，也曾浮现了这样的感觉。那个名叫 Rocken 的萨克森小村，也是在一片平川里，周围田野风光十足。在那里我看到了小河，它流经的村外树林和草地，在草地上开着拖拉机的年轻人。旧而不破的民居，据说保留了一百多年前萨克森人村庄的风貌。这或许要归功于当时东德的经济，让它躲过了现代化的洗礼，让原始风貌得以维持。曾经风云几百年的萨克森人原来就是从这样的平原上策动他们的金戈铁马的。在尼采小村的附近，有三十年战争的主战场。我去参观的那刻恰是惨云愁雾之天，在远来的吹风之下，仿佛看见手持盾牌长矛的战士成千上万地在奔命，看见人啸马嘶车翻血溅。

路德和尼采都是在萨克森土地生长起来的。德意志人不仅有能力有胆量挑起自然战争，他们同样有能力有胆量挑起精神上的战争。路德就是这样的典型，尼采也是这样的人物。当年不知哪一位先贤将Deutsch译成了“德意志”，真正算是对他们的赞赏了。不过，并非所有被挑起的精神战争都会导致自然战争，而路德挑起的精神战争却导致了经年不息的自然战争。这就是先前的德国人的特色。尼采不能；不过，他自称是波兰贵族后裔。其实中国人早就说过，英雄不问来路。然而，今天的人或许更为关心的是先前英雄的去处，以及他们自己的去处。

记事之四：法兰克福之行

初次到德国的第一脚就踏在法兰克福。以后多次路过，都从它的机场、火车站点水而过。此次有机会在法兰克福逗留两天，便去罗马时代的澡堂遗迹中徘徊，在美因河边漫步，在罗马广场上小憩。十几年前在德国时，曾听德国友人评说法兰克福是德国最丑陋的城市；现在明白这是一个偏见。老城的小巷，美因河畔，原是很有风情的。

法兰克福大学计划召开“法兰克福学派在中国的影响”的学术会议，由汉学系的阿梅龙（Amelung）教授主持。我是应邀来参与筹划的。阿梅龙在北大欧洲中国合作研究中心做过三年主任，他们的办公室就在我们外哲所内，常常碰面；加上我与这个中心的渊源，也就经常聊天，渐渐成了可以坦诚交流、偶尔反讽一下的朋友。这将是一次大型的会议，计划邀请二三十名中国学者来法兰克福与德国同行讨论。这样的学术会议，尤其是这样的规模在中德学术交流史上可以说是空前的。

此次柏林之行，我同时参与几个国际会议的策划和筹备。一个是要在北大召开的启蒙会议，另两个在德国召开，都计划以中德学者为主。这展露了某种新的气象。它们的一个背景就是近些年德国大学的改革和进一步国际化的趋势；与中国大学的交流便是其中的一个方面。其实德国学界以前向来是不太关心中国现实的研究的。德国汉学的传统以研究经典为己任，而德国媒体关于中国的报道则一直关注消极现象。在这样的情形之下，德国的普通民众如何来正确地了解中国的现实呢？所以，当中国经济实力也作为负面新闻出现在德国媒体上面时，许多德国人就不免惊诧：曾经是那么落后，又有那么多问题的中国，怎么突然之间会成为一个经济大国？《明镜》发表“黄色间谍”一文暗指在德国的中国人每一个都有可能是间谍，就会很容易得到一些德国人的认同：他们不偷西方人的技术，怎么能够发达起来？情况有如当年犹太人在德国的遭遇，他们既然是贱民，为什么既富裕又聪明？所以在当时德国，穷人痛恨犹太人富裕，富人则痛恨犹太人聪明。事实确实足够吊诡：一方面许多中国人还在想方设法偷渡到德国，偷渡到欧洲的其他地方，以至于德国警察都把自己直接排在来自中国的飞机舷梯旁和廊桥口来查验护照；另一方面，这些在许多人眼里举止行为粗鲁的中国人，满身毛病的中国人，竟然不再是需要照顾的弱者，而在德国、在欧洲的高档商店里充当起阔佬来了，也会嫌东嫌西了！

理解中国，成了普通德国人的一个难题，也是多数欧洲人挠头的事情。但是，责任大概并不全在西方的媒体。中国人应当反躬自问的是：他们为什么听任他人主导关于自己的话语权？中国的媒体为此做了什么？自近代以来，西方社会除了以其强势的经济、科技和军事，制定了这个世界的规则和秩序并主导实行之外，还以其强势的思想和学术来重新解释其他的文明，也就是说，把其他文明纳入他们的话语之中。比如，把中国人强行分为不同的阶级，然后分别予以专政和镇压的对待，正是西方话语对中国现代社会的一种荼毒。这种强势来源于思想和学术的自由。而我们虽然向往这种强势，却将思想与学术自由这个根本给废除了——比如，很可笑的是，在相当长的时间内，把西方某种十九世纪的乌托邦思想当紧箍咒来限制自身，自废武功。于是，除了被动地接受这种强势的思想和学术之外，大概很难有其他的选择了。

话语的权力是需要精神和思想的力量的。在思想和学术领域，就与西方社会的关系而论，中国的传统思想和理论在整个现代思想和学术体系中处于弱势，这是其一；现代中国人在提出新的思想、观念和科学理论方面居于弱势，这是其二；由于上述情况以及经济和政治的原因，汉语在整个思想和学术世界处于弱势，即便在中国境内的学术领域，汉语也越来越成为一种弱势的语言，这是其三。虽然对话的双方应当是平等的，也是可以设定为平等的，然而在思想和学术上的弱势，必定会导致实际的不平等。在这种情况下，任何简单的情绪反应、意识形态的高调，都是无补于事的，倘若不是从根本上解除思想和学术的禁锢，建立公正的学术秩序，国人就会更深地陷入对方的强势的话语之中。

法兰克福曾经是神圣罗马帝国皇帝的选举之地，后来又成为神圣罗马帝国皇帝的加冕之地。这就是说，它曾经被视为德意志人的政治中心——不过，伏尔泰讽刺这个帝国说，既不神圣，也与罗马无关，更不是帝国。其实，欧洲历史上所谓的帝国，与中国传统的郡县制国家有着绝大的差异。所以，用西方历史上的政治和社会等概念来简单地规定和翻译中国传统社会，就会造成极大的误解和伤害。更不用说还有这样的现象：一种理论在解释先前的或既存的社会时或许会很有说服力和启发性，而当它化身为创建新社会的原则时却会成为一种邪恶的教条。

德国的历史太过复杂，欧洲的历史更为复杂。我曾经对德国人说，我们之间有一个共性：我们都有太过复杂的历史，所以我们都很复杂。因此，你们可以用简明的标准来衡量，但是请以稍微周全的心来理解中国，理解我们之间的关系。有些德国人不接受这样的观点。曾经与德国记者谈起德国思想对中国消极影响的典型事件，虽然几次遭遇回避，我却一再提起。呵呵，我们的禁忌成就了他们的舆论空间。

尽管如此，我们却要以全面的眼光来看待德国和欧洲。我们依然可以不讳言地说，德国的许多东西，哲学、认真与整洁，博物馆与香肠，是令人喜欢的。法兰克福尽管与柏林不太一样，与北京很不一样，依然是值得一游、盘桓几天或小住一阵的地方。

记事之五：德国历史博物馆

德国历史博物馆，多少次想来！在快离开柏林前一个晴朗的冬日，我终于走进了这座外观令人易生沧桑感的建筑物。

德国人的博物馆，真是十分地让人服气。从建筑的气势、展品的安排到管理，都体现两个特征：即尽力保持文物的原样，又尽力让观众方便地从各个角度来了解展品。此次柏林之行我去过的所有博物馆，在物品的展示之外，都通过现代的技术，为观众提供更多的信息。

德国人真实的历史生活是我颇感兴趣的所在。十五世纪之前的德国历史，可以叙述的东西不多，而这正是我非常想看想要知道的东西。在馆中一幅关于约十五世纪左右的市民生活投影画前，我坐了下来，静静地观看每一个可以放大的局部所体现的当时市民生活的场面，从澡堂到杂耍表演，从近处的商人交易到远处的农夫的劳作。遗憾的是回到国内补记这一段时，却忘了这幅画的名称。那天照了很多的照片，恰恰没有此画的留影。这或许预示，我还应重访此地。

参观了这个博物馆，似乎是离古代德意志的历史近了一点，而对现代德国的不解多了一分。在展品中，武器展出的实在是太多了，尽管馆址原是德国的兵器库。几乎每一个时期都有各色各样的武器展出，剑、长矛、铠甲，乃至现代枪械，塞满几个展柜，显得相当的触目。这些武器工艺精美，大多散发着逼人的寒光。德意志人和他们的祖先以武功行于世，几度席卷欧洲大陆，奠定了现代欧洲国家的格局。博物馆的布置是着意让参观者激起或形成这样一种历史记忆吗？相比之下，农村以及城市的生活的展品却要少得多。这是令人感觉不好的一点。

我的第二点不满意的是，在博物馆中的展示中，康德的地位很不如歌德。依我看来，倘若德国所有文化人中只取最伟大的一人，那么舍康德而其谁也？康德是一位真正世界性的思想家。另一位应当是韦伯。或许是因为时间短而看得不够仔细，在博物馆内我没有找到有关韦伯的展品。康德倒是有一个专门的橱窗来展示他的塑像和著作。歌德固然是一位天才，兴趣也广泛，思想也深刻，但相比于康德，总觉得他的精于应付世事远在于对人和人类社会的洞察之上。一位研究日耳曼文学的朋友也对我说歌德在文学上的成就不如莱辛。人们要了解现代德国人的心态、他们的精神世界，比较一下德国历史人物在他们的博物馆里所受到的待遇，大概可谓是一条捷径。虽然我两次造访歌德故居，我确实更推崇康德和韦伯，更喜欢荷尔德林。

诚然，柏林有太多的令人流连忘返的博物馆，最著名的是博物馆岛上的几家。记得在柏林第一次参观过的博物馆是柏林墙博物馆，这是十四年前的事情。那是一个很拥挤的小馆，却展出了许多令人惊讶不已的事物，比如一辆甲壳虫式的小车座位底下竟然可以藏下一个人偷渡到西柏林。

古代博物馆中令人着迷的是古代两河流域和小亚细亚一带文明的遗存，巴比伦高大的城墙，楔形文字泥版。这里是城邦、西方文字的发源地。北大外语学院赫梯文化专家李政当时也在柏林，且住在同一宿舍楼。他陪我参观这家博物馆和佩加蒙（Pergamon）

博物馆，让我很受用。他给我讲了与展柜中那些三四千年前的物品，尤其是与楔形文字有关的故事，让这些沉睡的器物一时有了生命的灵动。

从巴比伦、埃及到古希腊的各种古代文明的文物，西方人蛮横地从它们的原地弄来，十分精心地保存在自己的博物馆里，视其为自己文明源头的一部分。——不过，情况也不尽然。美国及其欧洲盟国在上世纪九十年代攻打伊拉克，尤其 2003 年美军攻入巴格达，使两河流域的文物与古迹大受损失，数千件珍贵文物，包括古代巴比伦、亚述时代的文物不知去向。常常有中国留学生质疑，这些东西不是德国人的，保存在这里合适吗？这是一个复杂的问题，不是轻易能够给出合理的回答的，而这个世界的人们也没有就此达成一致的意见。现在我们可以高兴的一点是：它们在这里受到了精心的保护。

记事之六：金缕曲

北大德国中心的同仁一直以来就有一个心愿：在德国会聚一次，在德国森林里谈谈德国浪漫主义，在德国大学的咖啡馆里聊聊德国的历史记忆。这也是让“德国研究中心”名至实归的筹划。此愿何时了，暂时难说；不过，这个冬天能有五人会饮于柏林，当是一个愉快的前奏。所以当龙飞从亚琛赶来与我们相会，一件小小的“盛事”就开场了。李政教授也来助兴。谈话自然而然地围绕这个特殊时期大家在德国的感受：批评中国成了当时德国媒体和某些文化人的主调，其中所夹杂的不仅仅是观点的分歧，实在也大有态度的差异。理解德国，以及理解德国人对中国的理解，正是我们这个中心的责任。当然，我们什么都需要感受一下。

北大德国研究中心在柏林自由大学有一个协调办事处，处理中心与 DAAD 和德国大学之间合作与联络事宜，并负责中心学生在德国的学习和生活。在柏林自由大学、洪堡大学和其他机构有十余名中心的合作教授，他们热心而又认真地参与彼此之间的学术合作与交流，不辞辛苦地往来于北京与柏林之间，参加中心举办的学术会议和工作坊，给予我们很大的帮助、许多的建议。在柏林期间，我们与这些教授既有严肃的协商，也有轻松的交流、愉快的宴饮。学者彼此之间的交流和讨论，贵在于理智的诚实和友情的真切。合作就免不了需要双方的调适。埃格特（Eggert）教授和库尼希教授不辞辛苦为我们协调交流与合作的事宜，施密特-比格曼（Schmidt-Biggemann）教授夫妇让我们品尝了有二百年历史的德国传统菜肴和美酒，欣赏他所收藏的那些十六世纪或更古老的珍贵典籍。经典、美酒和美食总能激起读书人愉快的情绪，激起滔滔不绝的话题，无论在中国还是在西方，并无两样。除了批评，我们还需要彼此欣赏、赞扬。交往和合作毕竟是主流。十余年前在德国时，中国人常常被误认作日本人，而此次在柏林，在街上、店里、车站内常常都可以听到或高或低的乡谈。

此次柏林之行，远游维腾堡追怀路德当年的行迹，远游魏玛造访歌德、席勒的故居，遥想德国文化当年的一时之盛；近访犹太人博物馆，在博物馆岛流连忘返；中心师生在柏林的小小公寓里面庆祝阳历和阴历新年，一起去勃兰登堡门广场看德国人放焰火狂欢，看人潮在这座门周围涌来流去：就如其他许多民族一样，德国人也一样地喜欢热闹和狂欢。

悠悠地领会柏林的生活，是更惬意的事情。在夜色微茫中，乘坐城市列车，从柏林的楼群和院落边飞驰而过，望着明灭的灯光，体会淡淡的乡愁；或者在黄昏时分，走在菩提树下大街，在古人塑像的阴影下，在优雅的异乡行人旁边，以及西边的落日余晖下，享受落寞的感觉。

德国是一个诗意的国度。此地的诗人即使不比中国那些行吟江湖的诗人更忧郁，也至少是一样的忧郁和敏感。而我每次到德国，这忧郁和敏感就被挑动起来，诗情总会油然而起。比如，走在细雨中寂静的街道，在苔藓满布的教堂厚墙之前遇见浅蓝色的惊鸿一瞥。

在冬日，到柏林市中心去寻访书店和旧书店，然后披着夜里的雨丝失望地踱出，因为它们没有想象的那样大，那里也没有图宾根那样有古雅情调的旧书店，甚至连规模也赶不上。看来，在细节上，在体味的深处，历史感是重建不了的。曾反复询问王建和王歌，柏林的书店是否就是那么几家，他们的回答是肯定的。然而，尽管如此，尽管柏林是一个新建的旧都，德国人按照十九世纪风格重建的努力，从总体上来说，毕竟让人体会到了柏林城郭的历史遗风。而在北京，故国的雍容华贵屡经毁灭之后的残余，多数也落满了浮躁和粗鄙的风尘。

勃兰登堡门在夜晚要比白天更有气势和风韵。白天它几乎混同于周围的建筑，宏伟和高大都显得不怎么突出了。夜晚由于灯光的特殊处理，它昔日的荣光就挺而秀出，虽然不是每个部位都可见；这也有如关于过去的伟大记忆，并不完全清晰，而让你激动的场景却总是那么分明。

这些经历和感受，愉快的和不快的，都构成了聚会的意义。一时兴会，又不免美酒；酒不免撩动情怀，使谈话有如倒映流霞溢彩的江河。这江河里流动的却是五味杂合的体验（Erlebnis 这个词真是不错）。在这个伟大变迁的时代，我们意识到了自己巨大的潜能，呼吸到了周围自由的空气，但只能在一条为人设了许多障碍的道路中摸索着前进。希望总是与无奈携手同行。

此次德国之行，千头万绪，原有欲说还休之感。龙飞回到亚琛后写来一首金缕曲记柏林聚会和游历的事情[①]。龙飞本来就有才情，词更是写得潇洒。读罢之后，起伏的情怀也就抑制不住了，依原韵也填了一首金缕曲——柏林之行的心绪和感触，就以之作结。

寒夜煮茶沸。

洗旅尘，朋友几个，柏林聚会。

---

① 龙飞诗全文如下：

柏林乃千载帝都气象，韩水法师，人称法老，在此设酒呼朋，座上一时俊彦者，王歌、甘超英、王建等，余亦叨陪末座。群雄纵古论今，法老及王歌亦谈及康德，因忆观堂说康德“唯有兹疑不可疑”句。次日，与法老、王歌游柏林，至晚而于帝国大厦之顶豪情纵酒。词以记之，呈韩公雅正。

谈笑欢声沸。正迢迢，春烟数骑，此番相会。明月他乡凉似水，楼上清风拂袂。今古事，评说三昧。最是韩公开盛宴，对佳人美酒须沉醉。余外事，付儿辈。

寒窗几载如漂苇。旧江山，殷勤料理，故人归未？百代文章挥洒过，恰弄乾坤一穗。能疑否，兹疑绝对？谁向人间留此问，更多情令我生聪慧？我为子，纫兰佩。

高谈阔论三万里，泪流还举旧袂。
人间事，谁造三昧？
最是有情无缘笑，纵酒海泛舟难共醉。
琉璃钟，饮吾辈。

英雄渡江也一苇。
读旧篇，云外锦章，归去来未？
气吞欧土风过后，堪酿葡萄麦穗。
德意志，何以相对？
帝国大厦我登临，顾长天寂寞说空慧。
星三四，为伊佩。

2008 年 2 月 19 日草于柏林

2009 年 4 月 28 日改定于北京魏公村听风阁

发表于《文景》，2009 年第 5 期

寂寞的结构

——阿桑的歌

一

从微茫的秋暝到沉沉的冬夜，在大籁的静谧里，阿桑的歌让寂寞有如清泉过石，分明地在胸中的块垒之间流淌。你的心为歌声所婴薄，在时起时伏的波动之后，觉到原来还在悠悠地享受寂寞，又觉着寂寞正在修正和变换你对周围世界的看法。

阿桑的歌，在她的生前我没有听过。二〇〇九年春天的一个夜晚，温润而安静，浏览网页见说台湾女歌手阿桑患病去世，才三十四岁，其歌有沧桑感，艺名阿桑就取了这样一层意思。想知道一名三十多岁的女歌手的沧桑感觉是怎样的，就从网上下载了她的歌来听，一曲“寂寞在唱歌”，有如月夜轻潮，真实、迷茫而有力量——华丽的沧桑。

独居的日子，在白天的喧闹隐去之后，夜色慢慢地把外在的世界推远，越来越远，而周遭也就有了越来越清晰的犹如重重围幕之内的静谧。这正是潜心工作、理论运思的好时候。在这个巨大的都市里，有这样一个恍若无人的安宁，寂寞也就如幽香一样飘来，与这静的夜色一起，向四周扩散开去。你沉浸于其中而不知返，因为这是一个自己的世界。

二

今天，寂寞是越来越普遍的心境，只是多数人没有将它表达出来，抑或无法表达。人们抒发自己的情感，总要借用某种外在的手段，比如，音乐、歌曲和绘画，流行歌曲尤其是方便法门，所以“凡有井水处，皆能歌柳词”。

阿桑的歌流行得没有那么远，也不必说它唱出了现代人的心声，不过，今天那些体验和反顾自己寂寞的人，是很可以来听一听阿桑的歌的。

人们起先并不愿意寂寞，想要排遣，采用各种方式，理论的、心理治疗的和行动的。比起古代人，现代人有太多的消遣和宣泄的方式，但是，孤寂却反而像轻而不可见的网越来越绵密地围绕他们。你听，原来还有那么多的流行歌曲在歌唱寂寞。人们便慢慢自觉地适应这样的氛围，甚至觉得它有点不可缺少，无论独处也好，共处也好。阿桑唱道：“孤单是一个人的狂欢，狂欢是一群人的孤单。”

有人说，阿桑的歌是疗伤的，虽然可以这样来看，却也并不准确；倘若人单单沉浸其中，心伤只会放大，而不可能治愈。阿桑的歌是在替人宣泄寂寞的郁积，却又能让人细细、慢慢地品味它的感觉。有些咏唱寂寞的流行歌词比阿桑的更其忧伤，更其沉痛，而阿桑的歌虽然悲凉，却是从容的描述，甚至散发出了接受的态度。在它从容的展开中，令人想到了寂寞的结构。自然，无论阿桑，还是词曲的作者都没有叙述过寂寞的结构。能够将一种情感鲜明和一致地表现出来，引发直觉和情绪，激起人们的情感的回应而沉浸其中，就是一首好歌。而歌就是人的自然倾诉，表达人本真状态的一个片断，它是感性而审美的。结构是反思的对象。

三

现代社会成就了人的独立的普遍性，寂寞是其副产品。人与人的亲密关系向来就是复杂的，经济的、道德的、社会的和生理的因素，与情感总是不可分离地结合在一起，连带彼此的协调、妥协和忍让；在享受之余，人们也得为此费心劳神。现代人既然可以自主生活，妥协和忍让就会被看作是委屈，而许多委屈来自于依恋和依傍。自主和独立否定了委屈的必要性，于是，人们宁愿寂寞，也不要迁就和屈从。摆脱一切依附的人际关系，人就要独自面对生活中的一切事情、遭际和责任。当年，西方新教徒废止了居于自己与上帝之间的教权组织的权威和作用，独自面对上帝，做出面向来世的现实生活中的一切决定。德国思想家韦伯认为，这使他们陷入绝对的孤独状态之中，而其积极意义在于：每个人都要为自己的现世生活承担一切责任。现代性在心态上就起源于这种个人的完全责任及其孤独无依，寂寞的普遍化就是情理之中的后果。然而这也是有前提的，比如信仰及其最终依靠，比如上帝，或其他神圣的东西；坚定的原则和实用的心态，或许也可起到同样的作用。一切都由自己来做决定，于是人们要经常决断，反复思考，这就是代价。毕竟，这也是精神上的一个重负。

多数人觉得这个代价是值得的，诚然，也会有不少人流于随意，不做决定，而跟着感觉走。在现代，一个健全的社会有公正的规范和法律，那么在基本行为和日常生活中人们的决定，都有可依的原则，而不必就每件事情都要做出自己政治的、道德的乃至常识的判断：比如，是否花钱买官，法律和司法体系是否有效，是否捐款——怎样判断它不会被用于腐败，或者每天要喝的牛奶是否安全。在一个良序社会，个人既然不必时时就这么多涉及普世价值和基本规范的事情做出决断，生活的随意也就会落入大致的规矩之内，而不至于陷于丛林般的混乱。

四

在交流极其方便的现代，人之不愿沟通或不敢或不能沟通，并不只有单一的原因，独立、传统、自尊，或者这个世界太不靠谱，都应当算在内。你如此喜欢而深爱一个人，朝思暮想，却始终没有说出口，在自己清醒的理智中失去了至爱；过后，又再来享受自己所成就的那种寂寞。

寂寞就是不能走出自己的方寸。这种隔离，即使勉强或被迫突破，逢场作戏，依然不会带来寂寞的消解，顶多只是暂时的忘却，甚或反而造成更深的孤独之感。无关痛痒的交流，是这个时代的华丽外衣。华丽的外衣穿在身上虽然不舒服，人们却也需要，“狂欢是一群人的孤单”。

在日常语言里，寂寞与孤独并用和兼容，其实两者是有区别的。人际隔膜有主观的心结，也有客观的障碍。寂寞主要出于主观的理由，人无法或不愿走出自己的内心，与他者的心灵之间横亘着无法跨越的鸿沟；而孤独出于客观的阻隔，人想走出自己的樊篱，却不为他人和社会所接受。寂寞的人在外在的行为上，其实并不显孤独。譬如，有一天，一位有许多朋友也颇受欢迎的人突然自绝于世，人们突然明白，原来他或她的至深的寂寞是隐于交往之中，有如大隐隐于市，真正的寂寞是旁人难以觉察的，所以人们感叹：你永远看不到我最寂寞的时候。如此寂寞可以蕴藏在笑容后面，孜孜矻矻的深处；不像孤独的人，即便在闹市里，也有如荒野中的狼。

阿桑以其略带沙哑的独特音色不断地强化寂寞的感觉：“轻轻的狠狠的，歌声是这么残忍。”此时，歌声已经不复是单纯的体验和叙述，而是反思，深刻的和残忍的认知就来自这种内心反省。但在这种反思中，人又重新陷入寂寞：“悲伤越来越深刻”，“让人忍不住泪流成河”。

反思是对寂寞的再体验，也有对话，只是你与另一个你在谈天争执：理智的我与情感的我——前者超然，后者沉溺；想冲破寂寞的我与流连于寂寞的我，在彼此的对话中不断构造和演绎寂寞的结构：“我一个人吃饭，旅行，到处走走停停，也一个人看书，写信，自己对话谈心，只是心又飘到了哪里，就连自己看也看不清。”有时，他者也在场，虚拟的比真实的要更清楚一些：“我们的爱情像你路过的风景，一直在进行，脚步却从来不会为我而停”；或者“当你说你要离开一些时候，爱情还没成熟，我来不及接受……”。

寂寞的人走不出此情此境，于是阿桑便问：“怎样才能够让它停呢？”人是否可以外在地静观它呢：我在世界的外面愉快地张望？倘若可以，在世界的外面，反思那深刻、狠狠和残忍的寂寞体验，或许就会是一种享受。不过，寂寞的深处是悲伤的黑暗：“天黑得像不会再天亮了，明不明天，也无所谓了。”令人稍感安慰的是，些微的潇洒是有帮助的：“别说你对我感到愧疚……我很知道孤单这条路怎么走，请你不要安慰我……我只受了点伤。”

五

现代人的恋爱，除了其他原因，消除寂寞愈益成为重要的理由，而经济的、社会的因素和传统的习惯逐渐弱化，尽管它们依然有其余威——这正是阿桑的歌所咏唱的一个主题。

恋爱以及相应的性爱，都是人从本能上驱逐寂寞与孤单的冲动与手段。然而，正是在恋爱经验之中人们深深地体会到寂寞的缘由和意义：伤痛、无奈、惆怅、疯狂、温柔和残忍，简单地说，情感的混沌，乃至由此带来的惬意。今天，性与爱越来越分离，性爱于是变得单纯起来，出于本能的和审美的需要，而不必与其他的社会因素结合在一起；而非道德的意识形态越来越排除性的亲密性和私密性，越来越把它当作一种消费，用权力和金钱交换。

情则不是如此，所以人们是在为情伤痛。情原本就是依恋，如何使之不沦为依附？

问世间情为何物？直教生死相许。那么，什么是失恋呢？人的情感失去了交流的对象，这种痛苦与寂寞，就有如对于逝者的追念，是永远无法弥平的了。失恋者所要排遣和传达的情感与思想，是无法达到任何第三者那里的。——这里所说的当然也就是纯情。

阿桑的歌反复咏唱男女之间失落的爱情，不过，让人陷于寂寞的情感隔膜并不限于爱情，还有普遍的人际感情。男女爱情是情感关系的典型和极致，所以屈赋用香草美人来说君臣的际遇，而《伤逝》据说也是鲁迅用来讲兄弟失和的。

据此，阿桑的歌所引起的反思的确并不仅仅针对男女之情，而是面向一切的心灵之间关系的。无论“温柔的慈悲”，还是“爱情，没有救了”，都是对一般的情感关系的呢喃和呐喊。“这个城市太会说谎……谁当真谁就上当。”

六

倘若寂寞是纯粹的，寂寞的原因是单纯的，人们或可以找到单纯的消解之道。在今天，在缺乏正义的公共空间的社会，人际关系为无数模糊而有力量的潜规则所控制和纠缠。经济上最终的不独立，思想和言论的不自由，以及半奴役状态，会使此种寂寞真正变得残忍。弱势人群，一直在暂住和盲流，孤苦无告；即便位高权重者，难获他人真正的尊重，亦乏内在的自尊，而观念上的分裂，使之成为无真实性的人群，虽可以高处不胜寒来搪塞，却连反思自身寂寞的落脚点也付诸阙如。在这里，个人，有时与他的家人一起，要独立地面对每天都可能落到头上的诈骗、有毒食品和肮脏的空气和环境，孤独地承担它们的后果。面对不断刷新纪录的腐败，贻害全国的毒牛奶，人们道路以目。在严酷的事实面前，人们保持缄默，以为如此或许还能保住既存的所有。在这样的状况下，每个人的孤独出于每个人的寂寞，而寂寞出于恐惧。

在荒唐的制度之下，人有时被迫地冷漠：一个倒地的老人，扶与不扶，救与不救，会在人的内心掀起冲突的波涛，因为贸然行动，而无救助的旁证，法官就可能会将善心判定为责任的证据。于是，一个人在闹市中跌倒在地，无数人心怀巨大的救助冲动而默默地旁观，或者离开。

由此人可体悟到，简单的寂寞并不深刻，享受寂寞也不是勇气。充分意识到人与人之间的差异和界限而和平共处，又不失自己的特立独行，才可能深刻起来。反思和批判之后而承担值得承担的寂寞，消除被迫寂寞的原因，才体现了现代人的勇气，它有如按照公正的规范和法则去行事。

七

“谁说的，人非要快乐不可？好像快乐由得人选择……你听寂寞在唱歌。”这里，一个问题油然而起：寂寞的对面是什么？人们通常认为，寂寞是不快乐的，尽管享受寂寞会是惬意的，而寂寞的另一面可以是心灵相应、快乐或温暖。

寂寞是一种自我的状态，它的体验很难准确地表达出来，只能借助比喻间接地抒发；寂寞的对面的情况也大抵如此。这用得上康德的理论：愉快与不愉快情感的传达方式是审美的，其实就是一种复合的体验。人们能够用艺术、音乐和文学的方式来体现或展现寂寞，但理论如何？理论活动或许可以用来宣泄寂寞，就如登山、游泳或者逛街一样。

大学期间读罗曼·罗兰的《贝多芬传》，有一句话至今不忘：心灵“是那样地需要欢乐，当它实际没有欢乐时就自己来创造”。罗兰说，贝多芬在悲苦的深渊里讴歌欢乐，创作出辉煌的《第九交响曲》。一个如此骄傲的旷世音乐天才，盛年失聪——毁灭性的困境，又缺少爱情的眷顾，他是寂寞还是快乐？罗兰说，“一个不幸的人，贫穷、残废、孤独，由痛苦造成的人，世界不给他欢乐，他却创造了欢乐来给予世界！”这个小册子的最后一句话是贝多芬自己说的：“用痛苦换来的欢乐。”罗兰的评价是对的，贝多芬创造了快乐；人其实是要快乐——这是回答阿桑的问题，不过，创造出快乐难道就不寂寞了吗？

八

有一类无解的问题：古代人比现代人更寂寞吗，或者相反？现代人比古代人更快乐吗，或者相反？虽然无解，人们却还是一再提出，因为他们要借此衡量自己的状况。

人类是否自会歌唱起就开始吟咏寂寞？这是不得而知的。但在诗经里，寂寞已是一个反复出现的主题。陆游的“驿外断桥边，寂寞开无主”之寂寞，与这里所说的寂寞庶几相近，就如阿桑的歌一样，内敛，并非自艾自怨。辛弃疾说，“甚矣吾衰矣！怅平生、交游零落，只今余几？”他的结论是“知我者，两三子”。这当是实情的写照，但其不为世人所知且不屑与世人合流的孤高自任，也由此而流露无遗。寂寞当然可以出于曲高和寡，不过，我们所能窥见的古代的寂寞和孤独，只出自有表达和流布能力的精英，至于大众，他们的内心则杳如黄鹤了。因此可以说，也许古人与今人一样寂寞，只是由于教育和媒体的普及，今人对寂寞的反思要比古代人的强而且普遍得多。

深刻可以导致寂寞，敏感同样也是。你对世界的洞察远在他人之上，你的世界觉知如此敏锐而不可忍受常人对之毫无所动的事情，那么你如何来传达你的印象和情感？你向谁诉说？倘有可能，我们或许要问一问用锥子扎进自己耳朵的徐渭，是什么促使他关闭与外界交流的通道，而进入一个静寂的境地？割掉自己耳朵对凡高来说，或许只是一个象征，他的冲动或在于他无法用语言将其所见及的世界和感受传达给他人，除了绘画；而在他生前，这些人们也是不怎么能理解的。

九

人始终在追求亲密无间的关系，爱情只是其中最热烈最困难的一种。“如果爱你只有这一次，我愿放弃唯一的生命”，阿桑唱道，“就算爱我只有这一次，我会用每一个美梦来回味你”。这样激烈和持久的情感，以如泣如诉而带沧桑的嗓音唱出来，表达了人类追求爱情虽九死而不悔的决心，在今天依然还会令人惊心动魄。

其实人类的情感史也是一部沧桑史，打动人的故事总是由磨难组成的。阿桑歌咏情感的寂寞，最后因身体的疾病而早逝；人们不免会想到同样因疾病而早逝的邓丽君，她为无数人曲尽了爱情和相似情感的美丽、浪漫、温馨和适意，而她自己的爱情却总是飘浮在自己的歌上。邓丽君的歌，在中国人的精神饱受残酷、狂热、冷漠、刻板、僵硬和虚伪的磨砺之后，给以温柔的抚慰，帮他们唱出胸中郁积的美好的情愫。阿桑的歌所唱的是甜蜜温馨的反面，即寂寞，它不是单一的情感，而是一个情感簇。

现代人的寂寞与抑郁之间并没有必然的关联；寂寞与消极态度的关系也是一样。尽管有许多人，从其有自我意识开始，就与寂寞抗争，但这也不能得出现代人比古代人更消极的结论。不过，人们也许会说，现代人因为寂寞，内心无所依傍，所以就要张狂，以证实他们的外在存在。

寂寞是情感的体验，而在理智的反思中展现出它的结构。这是形而上学的体验，因为它关涉当下的存在。寂寞的心灵是否有如莱布尼茨的单子，处于普遍的秩序之中而自主自闭，没有可供出入的窗口，却反映整个世界?

一〇

社会如有太多的规则和惯例，人与人之间的沟通就会流于表面。习惯使人的日常生活变得庸常，日复一日的节奏，日复一日的程序，让生活失去了独特的一次性，让人失去了感受独特性的敏感。庸常是大众社会的特点。人们日日在重复那些烦琐的、无聊的和程式化的事情，让人的交往也浮于表面。再者，现代人对自己对他人要求的项多了，也提高了，于是，这些项与项之间符合一致的概率就更小，也就更难了。

在十九世纪与二十世纪之交，德国哲学家和思想家曾经就生命的独特性做了相当深入的研究，他们想从理论上来理解和规定生命体验的一次性。他们是否预感到，独特性会越来越被一般性和庸常性所取代？尼采所要对抗的就是庸常和对庸常的忍受。然而，庸常对于普通人来说，正是幸福的前厅。

那么寂寞究竟是这种独特性和一次性的丧失，还是每个人为保留其独特性而所做的努力？寂寞是人这类一次性的、主动的、不仅体验而且反思的生命的特点。每个主动的、一次性的生命之间的谐和相应，是造就了新的独特性还是消磨了固有的独特性？

一一

每次听到“你要离开的一些时候”，心就有如被揪了一下。啊，岁月悠悠，他人只看见了岁月中的事情，而我触及了悠悠本身，这歌就是这悠悠为我而唱的。

阿桑唱道：

失去前我们该尽量拥有
从左到右
从西到东

……

若最后感情的变动

如波涛般汹涌

留点回忆想想就够

其实，这很难做到，一点回忆永远是不够的。因为“后来”告诉人们，“有些人一旦错过，就永远不再”。错过有时就发生在很短的时间里，因为一个有意无意间的举止，或者就是一阵突如其来的风雨打搅了伏尔塔瓦河畔的仲夏夜亲切的聚餐，还有那枝犹豫不决的玫瑰，一个传达不出去的心思就永远地记在了寂寞的心间。

就凭这一点记忆，阿桑的歌始终没有走出寂寞。它为无数寂寞的人宣泄寂寞，而走出情感的寂寞，是要向着特定的人，要获得空谷足音般的回应的。

关于人的寂寞和孤独的文字，倘若是学术的，比如心理学的和社会学的，人们会觉得其太过冷静乃至无情，而以抒情的文字写出来，人们又会以为它太过多愁善感而显软弱。其实，正视这样的心态和心境是需要勇气的。

寂寞之中记下的那些情感体验，在理论研究中，会受到百般的质疑，因为这时对论述的要求是普遍性、一致性和可验证性的标准。这篇文字是一个复合物。最终寂寞的结构是不清楚的，结构指的或许就是它的原因。流连在寂寞里，寂寞于你是实在而透明的，可触及亦可追随。当你做理论反思时，情感就有些飘渺，居在心灵的深处，而寂寞的感受，总是行在你反思的前头。

告别寂寞，抑或留恋寂寞的时光，徘徊于那个幽微的境界？这可是真正的独自领地，一个完整的私人世界。

关闭所有的灯，一个人在自己的居所里随意地行走。寂寞会使你与自己更加亲近，使自己更加透明；寂寞的时分，心其实是亮的。

以此文纪念那一段时光，以及光阴里的人。

2009年秋草于北京魏公村听风阁，2011年初春改定

发表于《文景》，2011年第4期

安昌小记

算来在杭州过元旦，已是三十多年以前的旧事了。二〇〇九年岁末，想到这一点，便动了南归的念头，上了飞机，两个小时之后，就从严寒的北京落到了微冷的萧山。

见老父和同胞手足、天伦之乐原本就在平常安好。中学同学聚会，便有淘气的趣味，可以兴高采烈地调侃少年的时光。一时兴起，说要去塘栖看桥和老街，去良渚访博物馆。站在塘栖广济桥上，旧时记忆中的水乡街市房屋荡然无存，几十年一直留存的印象一时在这运河两旁落空了。塘栖，原来运河边上那么壮阔的一个古镇，所谓“跑过三关六码头，不及塘栖廊檐头”，旧日繁华只剩下广济桥遗世独立了。意兴萧然，难免又感慨。振华就说，离杭那天下午可到安昌的河边吃夜饭。那里的老街老房都还原样，人也在里面生活，蛮有味道。他又说，从安昌到机场也就二十分钟车程，是很方便的。

安昌两字，以前当是听过的；不过，久居帝都，听惯了普通话，浙江方言发音的一些地名自然就陌生了。元月三日下午驱车到镇口，先见的是一例俗不可耐的新式房屋，看不见一丝水乡和古镇的灵气。这几天在留下、塘栖和良渚旋了一圈，镇里乡野，觉得江南风景虽不能说荡然无存，也仅限于点缀而散落在面目全非的田野和城市建筑森林里面。新街上头飘荡着“欢迎来到师爷故乡安昌古镇”的横幅，颇有以自辱为招徕的意味，它如何与行幕人后代的身份相配。我想到了《秋水轩尺牍》，那些既典雅又流丽，既博识又曲畅的文字，有这样的狗尾续貂的余绪，一时倒没有多少感慨，唯有不惬意。《秋水轩尺牍》几年来是案头书，不过，当时自己并不清楚作者许葭村出身安昌，只晓得他是山阴人。

待进了入口，走上一爿桥时，眼睛却顿时一亮，原来面前热闹地伸出去一条雨廊下的老街。街的左边是河，河上有乌篷船，船夫脚蹬手摇地划来划去。街的右面是店铺，服装店、食品店、茶馆、剃头店、酒馆及各色手工作坊鳞次栉比，临水的街沿放着店家摆出来的一个又一个摊位。酒馆、茶店还有剃头店，大抵是三四十年前的格局，只不过所用器物虽然有旧意，却比当年的要简陋得多，气派就上不去。微暗的茶馆，条凳上坐着三三两两的客人，有的戴着毡帽，围着板桌吃茶，店里头散发着似曾熟悉的味道，不由得走进去坐一歇。江南的店家，临街店门大都是排门，排门一卸，店面就全开。这或许也有一个财源广进的意思。日里，排门依墙迭靠在一起，到打烊时再一扇扇排好上起。

长街里侧，几条长巷深弄，实在亲切得动人。深弄长巷是少年时游荡的路径、游戏的场所；弄堂拐角，在方凳上摆上一盘象棋，在夏天的中午，就开出一片清凉的战场，弄堂风吹过，也就吹起少年恬静后面动荡的心思。在留下镇上，杭州城里，在三墩，临平，曾经踏过无数遍的那些悠悠长巷，幽幽深弄，连同里面的大千世界，今天无迹可寻了。

于是，看见长巷就自然拐进。在巷的深处，一家名为穗康的钱庄大门敞开。走将进去，店铺的格局说是原来的样子。摸摸账桌上的灰尘，走到隔壁的房间。这里放着几座装银钱的箱子，像是原物。青石板地面靠近板壁有一块石板抬起，露出一个地坑，坑中埋有一个甏。介绍说这是晚上放金银和银票的所在。一位隔壁的阿婆过来告诉我们，沿板壁靠放的躺柜也是放值钱的东西的。晚上移到甏上的石板上，铺上铺盖，守夜人就睡在上面。天井里的蜡梅已吐出嫩黄。看门人既自豪又遗憾地讲，原来的古梅枝叶是一直伸到门墙外头的呢！

安昌街上劳作的匠人、老板、酒保、贩夫，还有水中划楫的舟子，年岁其实与我们也差仿不多。不过，混迹在这仿佛几十年前的世事间，面对生龙活虎的生活，也就忘了自己的年纪，而回到了少时的心态、少时的眼光，仿佛他们是老一代人似的。只是柜台中的手机、墙上挂着的领带，还有时杰时而掏出来为我们拍照的数码相机，在提醒其间已走过了那么长的一段路程。

这里的民俗其实与杭州和余杭一带的还是有所不同的。那里的人家并不灌香肠，也不酱鱼，酱鸭腌鱼却是一样有的。而安昌雨廊的梁下所挂的除了黑油油的腊肠、酱鸭，还有就是黄黑却同样油亮的酱鱼。时浓时淡的酱香，飘到街上，散在河上。

一个又一个的扯白糖摊，为醇厚的水乡平添了几分甜意。扯在绍兴方言的发音与吾乡差仿不多，皆为 dan，所以瞎扯说起来也就是 ha dan。所扯的麦芽糖，在儿时原是饭余的美食，今天嚼来，清香的姜味，就如儿时的记忆一样绵长。

酒馆大都在河坎沿上放上几张板桌条凳，客人临水吃酒，举箸谈天，抬眼便四望，隔河可呼朋。

振华选了一家旧年来过的小酒馆坐下。绍兴土著的冯主任，一面与老板娘点菜要酒，一面用醇厚的绍兴话与我们谈天说地。他的绍兴话，是在醇厚里透着一些华丽的。一直以为越剧中激越而华丽的唱腔是其他剧中所无的，想来的确来自绍兴话里的醇厚绵长。对绍兴话，我原来就有一种亲近的感觉，不仅是因为少时周围活动着不少绍兴人，早已听惯了他们的乡谈，亦因为祖上是从绍兴迁居余杭的，本有渊源；所谓杭州萝卜绍兴种，说的就是这样一个意思。

河里的船夫摇船过来，是要兜客的；振华递过去一碗酒，他客气一下之后就抿嘴下了一口，与冯主任对着绍兴乡谈，竟是谈天吃酒了。河上河下，生活的界限就是这样在随兴中逾越的。“游过三山六码头，吃过串筒热老酒”，安昌人挂在口头的这句乡谚，也挂着当年绍兴士人幕友的山水印迹。

安昌的河水是活的，江南的水是相互通连的，所以人说是水网。水乡的人们原来就栖居在一块块由河、塘、港、漾分割围绕起来的小洲之上的。水是阻隔的天堑，又是交通的便道。在先前，从这里航船是一直可以划到杭州自家的水阁之下的。

就着安昌的七八碗实在的土菜，四人吃了五斤老酒。酒量我最小，却也喝了三四两，已有九分的醉意。时杰则已醉态可掬，说了许多豪迈的话语。归时走在夜色微明的石板路上，街旁影影绰绰的排门，弄堂和小桥，廊下摆荡的腊品和它们的香味，河水泛起的夜色微澜，真正江南清冷而爽逸的冬夜，隐去尘世多余的物事，任凭行人放纵自己的惆怅或潇洒。

并不问安昌的过去历史，也不问它现在如何，只是走走青石板和麻石板的街路，看看街上的老店、老房和老人，窥一眼长巷深弄的清幽，和巷弄里的人家。再会了，安昌。我只是在这街上走了一趟，吃了两碗老酒，听了一席醇厚如老酒的绍兴话。这不过瘾，我还要重来。在那起于北京的毁真造假的淫侈之风吹破这个古镇活的风情之前，逍遥地吃一通茶，张望一下桥边的翻轩骑楼，闻一闻古镇千年的人情世味，再做一回流连。带着这微醺的决心，乘满天风雪回到了凛冽的京师。

2010 年 1 月 6 日记于北京魏公村听风阁

发表于《读书》，2010 年第 4 期

香山雪游记

自去岁晚秋至今年初春，北京接二连三地下了好几场雪。这样的盛况，在北京已经多年没有出现过了。

稍微有点巧的是，第一场正是十一月一日下的。那天清早见到雪大，我就出门直奔颐和园。原来是深秋的光景，黄绿相间的树木，一时之间，仿佛都从雪地上长了出来，枝覆层雪，在苍苍茫茫的天空之下，反而有了少见的润泽；柳树仍旧依依的样子，雪一压，风韵就沉重了起来。墙上原本褐红的爬山虎，白雪相偎，立现深红艳紫，醒目动人，秋雪竟然有着十分的喜气。不少或大或小的树枝经不住初雪的沉重，委坠于地，却也是落雪的景致。

飞雪之下，近处水面波光微闪，衬出雪天的空濛，房舍石桥清晰的轮廓；远处则混混沌沌，水天一色——景明楼南面的匾额隐约是这四个字，却正好写出了此时的风光。一行野凫拨水前进，划出了一道游动的界限。

心胸自然开豁，把秋雪的消息告诉了几个朋友。在五台山的王歌说，那里也是雪舞漫天，朦朦胧胧。我便一时遐想，千山晨雪，何等雄浑壮观，而此地，西山皆在苍茫之外，渺无痕迹。

踏雪的感觉，圆明园最好。这里的地势多少有点像江南水乡，树林、平地和土丘漫坡皆在小河细湖的水网里面，亦有像福海这样不小的水面。你徜徉也行，漫行也可，周围许多鲜有人迹的雪地，你卧雪也好，撒欢也好；行走于雪舞漫天的冰雪之中，独自一人，尽可随意。如在晴雪，远眺西山，虽非千秋之雪，道道银带衬托黛色群山，在冷艳与妩媚之间，也是万古的风光。这样一片琉璃世界，就在既混且乱的繁华世界的近处，真正一时的咫尺天涯。

少年时读鲁迅，生了燕山雪花大如席的印象。然而，居帝都三十余年，大雪实在没有见过几场。前些年，竟到了一冬几乎无雪的地步。所以自去秋至今春，断断续续欲罢不能地下了十场雪，让人开了眼界，北京的雪原来是这样下的啊！

谶纬之说虽然不可信，从天候来推测年成和世事，终究是几千年的习俗，既然人们一时难改，姑妄听之，亦可见识社会心理：多雪之冬，或有不平凡的一年。这也就如戏谑和讨彩头的想法，无关紧要，习惯还在一如既往地指导人们的生活。

今天早起，往窗外一看，地上又有了一层薄薄的雪，便想，又下雪了，但以为这些也就是今年雪事的余绪了，而上午要给朱德生老师庆祝八十寿辰，春雪是个好兆头。走进哲学系所在的四院大门时，雪竟下得越来越紧了；毕竟春雪，只是急急地落下来，也不飞舞。祝寿仪式也是报告会，热烈而温暖，结束时，外面的世界一片飞白。几位同事春心萌动，跃跃欲试要去赏雪，稍一合议，众人决定去颐和园踏雪。车刚一开动，王博说了一句，不如直接去香山。于是，在大家的欢呼声中车就直奔香山。

香山道上，雪雾弥漫，游客稀少。树树披雪，欲坠欲折，承雪最多亦最美者，要数松柏：翠冠白雪，雍容如华盖，却自如自在。雪从林间飘旋而下，或从枝叶滑落，在头顶和衣服上时积时落。

从香山饭店这边的小径上山，起先路上别无其他人迹，听得见雪花着树落地的扑簌声。我们一行六人，争先恐后，奋勇向前，春雪湿滑，却捡陡直的捷径而登；见景独特便踟蹰赞叹，行路艰难则戏谑嘲笑，意思就是喜欢这漫山遍地的雪。渐渐赶上了其他的行人，他们同样迷雪爱山，却是早行者。

雪中登香山，我们六人都是第一次。香山道上时现温婉、清雅和雍容的景象，是平时所不见的。造化弄物，雪抹去了人工的粗劣。经过几处房舍，几个院落，积雪覆盖庭院中的木制桌椅，玲珑剔透的样子，有人忍不住要在上面坐一坐，不过是雪泥鸿爪的意思。院中崖壁上的迎春看似一条雪垣，而雪像是从枝条上和树丛中长出来的一般，竟有怒放的气势。

一行中年逾六十五的老李老魏，嬉笑无忌，打雪仗，在雪地奔走，时做高山奋勇状。天性到了单纯的环境里，一般自然流露，人就是这般让自己欢喜。

走走停停，至香雾窟，入内，见雪明院静，便向姬问茶：可否在庭院中设座就雪一饮？她们很友好地说，将桌椅移至廊下供茶，既可与在院中一样观雪，又不湿身。于是，叫冻顶一壶，六人面山而坐。院中桌椅隆雪，有如静物，却有画所不能及的勃勃生气，鲜明可爱。玉兰依然亭亭而立，已初显花苞；雪满枝桠，亦衬映花苞，稍一注视，色转嫩红，有欲放之姿。杨树已放新芽，包在层雪里面，却努力透出自己的消息。

院子正前方两边有台阶，由此更上一层院落；从拱门边上得见上院一隅，画梁上的山水人物，透过雪花且在雪色的映照之下，分外鲜明。从上院正房顶上的积雪上望去，是一片翠冠银盖的松树；再抬眼，松林后的山坡崖壁之前，有大片雪雾涌动，渐渐朦胧，黄栌一类灌木在雪与雪雾的薄掩之下，枝杈横斜，就如活的木版画。

雾来时，只有眼前的院子、松树可见，香雾窟内，反倒分外明亮；而近处的坡崖、远处的鬼见悉数隐入雾中不见。几只麻雀，吱吱跳跃，在院中雪地觅食，并不畏人。雾去时，雪落大，从座上远眺鬼见愁，房顶如振翅欲飞的大鸟，翼然而出；在空濛的背景里，平时稍嫌粗笨的仿古建筑，看起来与山水很是融合。不像现今城市里的一些建筑，风格与造型，要么莫名其妙，要么盛气凌人，总是有杂乱无章的效果，原来就是与人，与日常生活扞格不入。

旧时的说法，香雾窟是用来观西山晴雪的，但此时看西山雪落，云雾舒卷，雪静而山动，人与山移，它也是观落雪的胜地。

香雾窟内，唯有我们六名雪游人。我说，只谈雪、山、茶或山上的一切，不谈世事。让自己的思想和情绪，还有话语，消歇片刻；此时，世界一片寂静，山，院子，灌木，松树，云雾，大雪，万籁无声；谛听处，你可以探索雪的微音。哦呵！人生虽然不够漫长，却依旧留有足够多的时机，让我们停下脚步，静观万类，内省自身。

忽然想起，在古典的山水画里，几位清虚高致的人物，坐在松下山边，或对谈，或沉思，有茶相伴，在一片静谧之中，只有风的来去，水的声音。现代人不能如此逍遥，难以停下习惯的步伐，总是来去匆匆。有那么多无意义而不得不做的事情，如此多无聊而不得不交的人，要虚与委蛇。但是，人啊，有时应该想一想，这个世界没有你，又会怎样？你又何为而来哉？反躬自问而蓦然回首，在自己行为与态度的外头，别开出一片生面。

当年，王羲之在山阴一个名叫兰亭的地方，与老少朋友流水曲觞，喝酒聊天，看到宇宙那么大，物类又如此多，而人生虽然趋舍万殊，也只是在俯仰之间，便一时与古人同痛共叹起来："死生亦大矣！"倘若他知道世界原来这般丰富多彩，古今变化竟然那样巨大，他的痛苦会如何至深至沉，也真是不可想象。

公事和世事即便在此刻也会打扰我们，然而，近人的事或可谈而即止，玄远的思一如放心，唯在自求。片刻沉静之后，起身踏上归路。虽然不舍，但雪已渐化，而天趋黑，不舍也得归。

香山，你也许来过几十次，上百次，但在这样的大雪之中以这样的心情出游，则实在是相当难得的。性情的天成，就如香山春雪的天然一样，而两者的相遇，就如康德所说，是想象力的自如与自然的有物有则之间的契合。人的内心都有一片飞雪的世界，雪满香山的兴致。

二〇一〇年三月十六日草　二〇一一年十二月

改定于北京听风阁

发表于《读书》，2012年第4期

西泠独坐记

在斜雨和树滴的淅淅沥沥里，这个黄梅季节盛期的午后，我走上了孤山的西泠印社，想在四照阁内坐一坐，静静地看一看西湖的水色山势。四照阁说是已被定出，唯雨中的露天茶座空无一人，便让服务员在阁左的座位上支起大伞，拭净藤椅和桌面上的雨水，泡一杯龙井，侧向湖面落座。

居高临下，西湖景色最动人处恰在左手挥下。对岸是轻描淡写的南山，前后两抹自东向西逶迤而去；雷峰塔在朦胧烟雨中显出格外的柔和，倒有了如有如无的庄严。小瀛洲似浮在水边的荷丛，任由游舟牵来荡去一般；而小舟，间或稍大的航船，一霎霎从小瀛洲后面划入，又从阮公墩前方飘出。

凝神处，却又冒出个陈旧的念头，写意山水总应该起源于江南梅雨山水的表象。这般模糊而牵扯不清山水的界限，造化先于意象，也当是堂皇的想法。

伞上有一棵茂盛的樟树，一棵长成乔木的枸骨树即杭州俗称老虎脚底板的，还有一棵不知名的树，叶叶肥绿而积雨水，又汇成大水滴，断断续续敲打在雨伞上；这原是梅雨的韵律，而人的情趣原来也是可以这样节奏分明的。

中午时分游郭庄，人与雨同行在湖岸，走入迷茫的湖景，又去探视曲院风荷湛碧楼前几枝先开苞的荷花，花的明艳和妩媚越发托出了水色的空濛。好友应奇和老包，浙大哲学系的两位高士奇人，选这样一个地方来聊天和聚餐，只眼别具，却也应了时下的奇景。

而此刻湖是尽在眼底，只觉着潇洒的灵动。西泠印社虽然是湖边的名胜，常时人却很稀少；而在古物荟萃的闲泉周遭，以前每次来都是静悄悄的，有几回只我一个茶客，在阁中自坐，就着油然而起的闲适惬意，独享西湖风光。右边是三老石室，里面除藏有“汉三老讳字忌日碑”外，还有汉魏以降至明清各代的原始石碑十多块。石室形制，从第一次见起到现在，一直就是这个样子。少年时来访，总会扒着铁栅栏往里探视一阵，对着那模糊的字迹发呆。这石室，连同汉碑，聚着二千年前的光阴，那时的风度和气象。人可以对比着这不动的光景，做一分无谓的思想，彼此观照，而晓得原来心里深藏着这么悠远的静思。

中学期间就常来这里，第一次是什么时候记不得了。当初不是为了风景，杭州西面原本处处皆是风景，只为这里有字帖可购，复有书画和篆刻可看。近十余年回乡渐多，虽然每次行程匆匆，但稍有余暇，就会来这四照阁里坐坐，是为了这里的安静，浓绿丛里的闲适，和浮光掠影的西湖。今天从头想来，原来还有别样的缘故。这里的所见，是记忆、知识和想象中经典的传统光景。

西泠印社的设立，虽然也就一百年左右的时间，但因这期间没有什么变化，也就保留了几百年前的风物。北面的山峰，东面石壁与崖上的题襟馆，南面的本色西湖，大抵原来就是如此的，与西湖山水不协的那些时下的建筑，在这里都遮蔽不见了。人能够在这里单单追忆一下前贤，遥想一会古典的风流，而与过去的世界保持几丝精神上的关联。

西湖原有这样的好处，各色人等，皆可以寻着一块自己喜欢的地方，坐下来，歇一歇，无需门票，亦无需别样的破费；面对胜景，不论怎样的世局，或可享受一时的人世平等和平静。

呵呵，在这世界上，走走停停，又能够时时回到故乡，做一时的逍遥，而故乡又偏是这样一个绮丽的山水，无论其他，这只是你的造化。

记得几年前也是仲夏的一天，不过是晴朗爽快的日脚，在此地几乎静坐了一个下午。一位上海的吴姓友人发短信来问在哪里，回说在西泠印社喝茶写字。友人觉得好，竟有当下赶来的心思。那天写的文字记在一张纸上，稿纸又在书桌上的夹子里存了几年，不忍扔掉，却也无心续完，后来就终于不见了。今天在雨中伞下用电脑记下的这些句子，大约是会让人留下一些念想的。

龙飞听说我在这里，一时写了好几首诗词过来；乘其诗兴，用其原韵，我也和了四句：飘舟摇叶皆无心，细雨斜风念远吟；汉石新荷人自闲，轻湖淡雾入衣襟。

虽是雨天，今天却还有一些游人，三三两两地从三老石室、闲泉和缶亭前面逛过，东张西望，这个幽雅的所在便添了一些热闹的趣味。

雨渐渐地落大了，电脑的电池也快耗尽了。于是，带着这梅雨的浓湿，缠绵的思绪，起身暂别了这里。

2010年6月25日午后记于西泠印社，
8月3日改定于北京魏公村听风阁
发表于《读书》，2011年第1期

母亲三年祭

母亲去世后的最初几个月里，每天的哀思令我难以呼吸，想抒发而难以表达，而这又演化为一个萦绕的念头，写一些文字来纪念她老人家。而每次甫一动手，母亲的笑容和亲切的行事就如现在眼前，悲伤就会难以抑制，泪流满面，而不能继续。近三年来，心里一直反复在默念一些话语，却未成文。母亲离开我们已经整三年了，三周年在传统礼仪里是一个重要的纪念日子。现在我也能够平静地记下自己对母亲的思念，追忆慈晖所照耀的所在。

在我生命历程里对母亲的最初印象，多是她忙碌的样子。那时候，母亲的工作重，子女又多，当我有记忆的时候，弟弟已经出生，母亲或许要更多地照顾弟弟。儿时最早的一个清楚记忆是与母亲在一座庙外的林中路上，杭州西郊原是有许多庙宇的。是哪座庙，现在记不得了。但母亲那亲切的面容，隐约的巍峨寺庙，浓郁的树林，则一直如在眼前。我就走在母亲身边，大树的底下。气氛很安静，有点肃穆，而自己的内心好像是很活泼的。另一个画面很温馨。长兄要从何家河头去留下中学读书，母亲抱着弟弟，拉着我，一直送他到三方庙前。那里有一棵大樟树，不高，但树冠却很大。母亲站着在与哥说话，现在想来，大约是交待要好好读书、照顾自己一类的话。我看看母亲，看看哥哥，然后就在打量那棵树，或许在回想前几日在这一带嬉戏的乐趣，树上肯定爬上去过好几回了，而四周是很大的桃园。常常，我的记忆会不由自主地回到这个场景，想起母亲，我们三兄弟围绕着的母亲。

母亲姓范讳林芝，出生于一九三零年农历庚午年正月十九日。母亲自小就多坎坷，生于萧山孙家，幼时为余杭范家领养。及长嫁与父亲，成家创业，养育孩子，历经辛苦。在所谓公私合营之前，父母有了一份可让家庭小康的家业。但一经公私合营，子女又增多，生活就艰难了起来。

到了“文革”之际，父母两人的工资不高，家道实在清贫得很。母亲当家，操劳家计，艰难维持，而至于告贷，让一家温饱，供我们子女上学。这浸透母亲心血的家史，是令人心酸而不堪回首的。母亲的身体于是就渐渐地虚弱起来，原本就有偏头痛，此时又罹患了严重的胃出血。那时医疗条件相当有限，人们还偏信中医，家里常常是药香满屋。母亲坚持十七个月只喝粥，不吃硬食。我相信，尤其在自己也得过胃病之后，这是母亲胃疾痊愈的主要原因。这艰难的经历见证了母亲的毅力。意志坚强，是母亲很了不起的品格。然而，在那个荒唐的年代，性格刚强常常意谓更多苦难。至兄姐长大成人之时，又偏逢上山下乡的恶政。在母亲的坚持下，兄姐都没有去东北支边。长兄最早下乡，在十几里路外蒋村公社的一个村里。在炎夏，或在隆冬，母亲会走上几个小时的路去看望和料理。后来，二姐也下乡了，虽在附近的村庄，但也有几里路。因为是女孩，母亲有更多的不放心，常常在工余走上长长的一段路去看她，因为母亲晕车，坐不得汽车。最后我也下乡，不愿意她走长路，坚持不要她来。她还是到我的小屋来收拾过几回。

上世纪八十年代初，我们兄弟姐妹五人都已工作，长兄和大姐也早已成家。到了八五年左右，母亲从单位退休，但并没有休息，继续操劳，接连带看孙女，直到晚年，还要照顾孙辈。用一句俗话来说，母亲没有享过一天福。终于不再劳作之后，母亲也每天坚持锻炼。她的刻苦耐劳，真是很有名声的。母亲希望她自己长寿，可以照顾父亲，看到每个子女家庭都顺利，还能照看孙辈们的成长。然而，天地不仁，母亲遽逝。每念及此，沉痛无已。从此，对母亲无限慈爱的思念总是伴随永远愧疚的追悔。

回想起来，母亲一生总是孜孜矻矻做各种事情，她也常常自嘲是劳碌命。儿时，家里人过年的新鞋都是母亲自己做的；上班之余，母亲经常是在纳鞋底。母亲也会裁剪，做中式的对襟衣裳。我儿时就穿过这样的服式。

母亲两边娘家各有许多亲戚，父亲家族也是人丁兴旺，所以少时觉得家里有许许多多的亲戚往来，甚至弄不清有些亲戚是什么样的关系。由于母亲人缘好，还有许多朋友的往来。在那么一个艰难的岁月里，有亲戚朋友的往来，自然是一件快乐的事，但人情往来，有时却也是颇费心思和精力的事情。母亲年轻时身体是很健康的，子女也养育得好，人缘又好，她的姐妹淘里有好几人就让自己的儿子认母亲做干娘。在我少时，干兄弟比亲兄弟还要多。

自儿时我就常常鼻衄，在春天发作起来，有如泉涌。总是母亲带我到附近部队去看医生，因为觉得部队卫生队的水平比镇上的卫生所要高一些。在后来我离家远行的年月里，每逢通信通话，母亲总要问起，最近还出不出鼻血。为免母亲的担忧，我就常常瞒她说，不怎么出了。其实，在下乡时，乃至在北大时，疲劳了还会流血。有一次偶然疏忽，告诉她最近出了鼻血，她就一连惦记了几年。亲情总是连着切肤一般的挂念。而我这个小小的顽疾是直到四十岁以上才逐渐自愈的。

母亲没有上过学，但在民国时代进过扫盲班。有一段时间，母亲还看过一阵子报纸，我们孩子几个就很热情地给她当老师；后来，她终于不看了。父亲上过学校，喜欢读书，直到现在还是很愿意读报的，只是觉得报纸上没有什么好看的内容。母亲曾说，父亲年轻时会赶十里八里的路去看戏，如果是连本戏，就会逐夜去看。母亲的一些历史的、戏曲的知识，多数是从父亲那里听来的；她要讲一个故事，通常就会向父亲求证。不过，母亲有很高的语言天分，她要表达的意思大都很到位，词汇多，修辞方式多样，生动准确。就是从母亲的说话里，我学会了吴方言口语中的许多雅言。有时我也奇怪，母亲没有读过书，这些词汇是从哪里来的呢？西方人说母语就是mother’s tongue，的确是中肯之至。我总是想，自己的语言能力和对语言的感觉，很受惠于母亲，不单是禀赋，还有后天的熏陶。

记得那是小学一年级时候，入了少先队——当时算是一件光荣的事情，放学后就急切地从学校回家。走上西溪上的大桥，从桥上望见家里的后窗，心里在想，母亲会如何高兴，因为那一天，母亲是因病在家休息。人子之心与行，虽然无补于大事，却是真情的本色。自少时，就想能够为母亲做些什么；一生最在意的，是母亲对我的评价。七七年恢复高考，我一举考上北大，很让母亲高兴和骄傲。然而，大学教师的生活如清风，虽可为人高标，在经济上却难以自许。直至母亲去世，自己对母亲的心愿，终于是心有余而力不足，未能让她过上舒适安逸的生活，也未能解除母亲心中长久的忧心。呜呼，慈晖所照耀的都是亲情，但并非亲情都是快乐的事情。

尽管家境清贫，母亲总是教导我们，做人要骨气和硬气，不能势利，要诚实。几度回想，我的不会阿谀，不善捧场，那些狷介的脾气，原来就是从少时就养成的，或许几分还是来自先天。我们几个孩子自小学到中学，母亲从来就不申请减免补助，以至大姐失学，总咬着牙坚持。在那个时代，人们要自助的方式真是太少了。

我内心感到骄傲的是：母亲的慈爱并非只对自己子女，也施于她所不忍看到的苦难。母亲虽是一普通百姓，却乐于助人，也经常为他人出头，即便是说理，体现的也是一种慈爱的勇气。所以，母亲总是有许多的朋友。不过，她却不善于求人，在这一点上，我的性格也像极了母亲。自己的正直感在很大程度上应当来自母亲。

母亲生性喜好干净和整洁，衣服虽然俭朴，却总是一尘不染。母亲有天生的卷发，也总是要梳理得整整齐齐。我们子女几个也大都继承了这些品格。

中年之后，我从一些研究得知，一个人有百分之七十左右的生理和心理特征来自遗传。子女从父母那里所得的，与父母的相似程度，总是超过他们自己的估计。从父母的现在状况能够看到我们未来的景象，而从我们现在的举止也可以照见父母当年的风采。历史的际遇让他们这一代人承受了太多的苦难、不幸和压迫，只是我要时时反省自己，该如何来发扬光大父母的长处，而避免可能的弱点。面对慈晖的光芒，这些反思有时很痛苦。作为母亲的儿子，在自己的血液里面，流动着母亲的许多品德，这是血脉的意义和作用。

在中国，尊亲及祖先原本就有神圣的意义，所以有祭祀，有宗祠。在西方，人们将生身的神圣性归于上帝，而在中国慎终追远就是表达同样的神圣感情。我们的祖先在二千多年前就说出了民族普遍的心声：“父兮生我，母兮鞠我。拊我畜我，长我育我，顾我复我，出入腹我。欲报之德，昊天罔极”（《诗经·小雅·蓼莪》）。母爱和对母亲的爱，都是永恒的东西，这就是昊天罔极。

自小我的心就在远方。长大之后，尤其在北大工作之后，鲜有回家乡工作的想法。母亲过世那一年曾动过念头，接受邀请回杭工作，以便与父母近一点，因为母亲严重晕车，是无法远行的。但母亲不太赞成，后来也就作罢了。

真的，在自己的情感里面，几乎没有想过母亲会离开我们，更没有料到，母亲竟然会这么早离去。所以，在母亲晚年我常常与她开玩笑说，“姆妈是很牢的”。

二〇〇七年八月二十四日上午，就是那个沉痛的时刻。那天上午八时许，我正在书桌前工作，听到哥哥打来电话急切地说，母亲在去医院的路上突然昏迷了过去，正在救护车上送往医院；同时也听到大姐大声哭着呼唤“姆妈，醒醒！”“姆妈，醒醒！”

我猛地紧张起来，心一直紧揪着。因为前两年有一次母亲深夜昏迷送医院抢救，所以夜里听到电话就会心惊。这次却是白天。哥的手机大部分时间开着，只是到医院时关过一段。从手机里不断传来大姐的哭声。医生几次想放弃，我不断地厉声地告诉哥哥，让医生再抢救一下。医院的服务和医术皆有限，回天无力。母亲，我的母亲，突然弃我们而仙逝了，没有留下一句遗言。巨大的悲痛排山倒海而来，我痛哭失声。近三十五年没有流过的眼泪一下子长流不止。当即与女儿上路回杭，因为上午已经没有从北京直达杭州的飞机票了，于是就先飞上海，再转车到杭州。一路上，一直希望奇迹出现，到家时能见到苏醒过来的母亲。啊啊！母亲竟然真的与我们天人永隔了。进家门，一头磕在母亲的灵柩前。

在母亲往生后不久的一天，我问女儿嘉嘉，知道不知道“子欲养而亲不待”这句话，她说知道。这让我感到更加的哀伤，我以前为什么不好好地体会这句话的深意呢？

有一首歌，叫作“天之大”，它唱出对母亲的一种难以言表却又力求倾诉的心情。现在常常听，母爱和对母亲的爱，原来都是天之大。

在母亲的晚年，每次打电话给她老人家，总是要谈一个半个小时的天，静静地听母亲说，这是人生中最为亲切的时刻。在亲人面前，我自己常常是一个耐心的倾听者。现在，到周末或黄昏的时候，会突然冒出个念头，该给母亲打个电话了，然一回神过来，哦，母亲已经不在了！黯然神伤。

母亲生前最后几年，我每年回杭也有三、四次。每次离开家时，母亲总是要送到楼下，送到路口，有时要送我上车，也劝不住。母亲的慈爱目光常使自己不忍离开，既想再次转过身去，却又不忍转过身去。最后一次见母亲，是去世前两个多星期在医院的病房里。我们子女五人围绕母亲，病后调养中的母亲虽然虚弱，但眼光是那么的明亮，笑容是那么的柔和，还有母亲那一头卷发，到老也是黑的；呵，我原与母亲一样，也有一头卷发。离别时，母亲握住我的手，我扶住了母亲的肩膀。不忍回想却又常常记起这一节，亲切而哀伤，这就是天道至亲的情感了。

这与母亲的天人相隔，就是永恒。在这个时候，我宁愿相信母亲往生在另一重世界，它与这个世界是可以相通的，而不论以什么方式。这样，我可以再与母亲谈天，而不会有亲情的寂寞。我心里想，百年之后，我也要回到母亲的身边，永远陪伴。

在这个世界上，母亲给我的，让我特立独行地走到今天；而现在那永恒的声音又会时时呼唤我，眷顾我前行。

2010 年 8 月 24 日写定于北京魏公村听风阁

钟唐老师

从留下镇上大街向西，出申明亭，过黄马路，穿过古荡畈。满眼碧绿的紫云英，正是江南冬田的宜人之时。长满杂草的田塍，仿佛一条细线，倒显出斑驳的色彩；脚踏下去，松腾的弹力，令人欲跳欲跃。这时，视野开阔，西面荆山岭脚下，西溪经过一道闸口，在这里打了一个转，卧着一个河湾，清澈而宁静。在上午的暖阳下，衬着荆山岭的背影，涟漪推出一道道柔和的闪光。

一位钓翁，坐在折叠凳上手持钓竿，安逸地看着水面。这就是了。我喊了一声，“钟老师”，一阵爽朗的笑，就从那水面升起，清澈而响亮，亦仿佛从山岙里涌出，萦绕四周，转过来的是一张生动的笑脸，雪白的牙齿，有如重枣一般的面色。

这是十几年前我们一家去看钟老师的场景。钟老师知道我已回留下，就带过口信来，说什么时候到老地方去钓鱼，可以到那里去找他。与写诗、拉琴一样，钓鱼是他几十年的爱好；又像笑声一样，这也是他的特征。

高中时期的生活，呈现在记忆里的多是灰色的画面，而这爽朗的笑，却是灰色里几笔亮色中的一抹。钟唐老师是我的语文老师，他的课在学校里是很受欢迎的，就是在整个杭州语文界，他的名声也有如他的笑声一样的响亮。那个时候，杭州大学中文系常常请他去讲课。钟老师作文讲得最精彩，他的声调和表情随着文章的展开而起伏，引得学生也与他一起进入角色和情景。现在想起高中的课程，大抵也只有语文课还依然历历在目。

喜欢钟老师的，还有学校的许多老师。那时过访是很容易的，钟老师的宿舍常常就是少长咸集，高朋满室——房间其实很小，人一多就无法一一落座了，也就有人要站着，甚至站在门外谈天。除了说话声，诗词朗诵的声音，也会飘出琴声和歌声，只是那个时代的音乐总是革命的。教师宿舍也就是后来所谓的那种筒子楼。不过，那座楼临山而建，钟老师房间的窗对着满是草木葱茏的崖壁，崖上头更是多树，光线虽然有点暗，却有四季常青的风景。

在初中的时候我就与钟老师熟识了起来。那时语文不是钟老师教的，只是因为喜欢写文章和诗歌，又在学校宣传组管事，钟老师则是宣传组的指导老师，所以常有机会见到，听他不倦的教诲和爽朗的笑声。钟老师性情开朗，坦坦荡荡，令人容易接近，也很愿意指导我们。记得在那间宿舍的灯下，钟老师修改我写的诗，大声念出，然后笑着问我的意见。那时语文课本上也有律诗，我觉得有意思，照着写，以为七言四句，就是七绝，如此等等。所以无知，是因为课堂上不讲格律，而其所以不讲是因为它被认为有害于青年。有一回我给钟老师看了自己写的一首所谓五律，他便一字一句地给我讲平仄和对仗。当时是否脸红，现在想不起来了，但七律五律是要有律的这一点，从此就深深地刻在脑子里了。现在的学生或许会问，为什么不去借本书看看。不要说在上世纪七十年代初，学校并不开图书馆，即使开了，这类的书不仅少，通常也不出借。

那个时代社会的不正常，政治禁忌之多，人与人之间的隔阂之深，是小我们一代半代的人所难以想象的。在“文化大革命”中，人性丑恶的底层被激发了起来，在当时堂皇而今荒唐的名义之下，人与人之间的各种嫌隙，从些小的不满到隐匿的怨恨通通爆发出来。不过，除了少数人，狼与羊的区别常常是模糊的，甚或会转变的；除了公共的政治禁忌，许多界限是不清楚的，而越界又是危险的，于是在知识群体，或者还有官员阶层，情况竟至于人人自危，如履薄冰。倘若社会还多少残存一点对人的尊重和信任，那也只是出于传统和本能。

少年的学生，虽然要简单一些，却也难免提防的心理，再说，通常老师也不会与学生有多少的来往。但钟老师却是个例外，或是因为他的才情，吸引学生，或是因为他的性情，朗声地说话和大笑，对学生的热情，即便在当年肃杀的环境里，也可以消除人的戒惕而自如起来。他的笑声就像天上的风与云，飘过去，抹出一片蓝天。

升入高中，钟老师任我们班的语文老师，受钟老师耳提面命的机会就更多了。那时的语文课本乏善可陈，学生作文也只能模仿拙劣的党八股，其原因自然还是政治的。然而，钟老师本是一位有性情的才子，讲文章的高手，是忍不住要讲有性情的文章，介绍有才情的文笔的。他讲过“文革”之前他的一位学生的作文，绘声绘色地再现那篇文章如何通过描写屋内的光线、灯、作者自己的状态和对各种物品的感触来烘托一位少女因家庭变故而生起的物是人非的哀愁。这原是化腐朽为神奇的手段。此类文章在当时被称为毒草，照例是不允许介绍和正面评价的。钟老师说是用它做反面教材，可以批判的。然而，眉飞色舞的介绍，学生所领略到的是文章的妙处和写作的技巧。至于批判一道，今天看来也只是那个荒唐年代的冷笑话了。那篇作文的原文好像大家都没有读到过，应当是不便发给大家的。然而，日后在我凝视“油灯前的马德莱娜”，观看福柯《物的秩序》第一章的题图时，钟老师所描述的那个图景就浮现了出来。

性情，才情，率直，甚至单单才能本身，乃至爽朗的笑声，在那个时代其实都是颇具危险性的；至于兴之所至，情之所至，通常就是非议的缘由，政治压迫的起因。现在反思起来，一直保持这样的性情和风格，钟老师大概经历过许多的黑色幽默，或是缘于他太非政治化了。钟老师的小屋，除了床，就只容得一张小桌和一把椅子，当时却觉得它是一间广厦，它容得下所有来这里的学生和老师。

有一次，钟老师让我在课上讲一讲我的一篇作文的构思和结构，这在当时并不常见。他大概觉得那篇文章写得不错，而我自己却并不十分清楚文章的好处在哪里，或许也就是性情难以抑制的流露罢了。我讲得满头大汗，话语也不流畅，结果是自己很不满意。作文的内容早已忘得一干二净了，只是紧张的窘境，现在却还能够切实地回味出来。在北大做了教师之后，一次与振华同去九里松看钟老师，说起讲课之事。钟老师说，呵呵，现在也能够不用讲稿一讲就是一个小时了。哎呀，或许钟老师也还记得当年我讲作文的那件事情。

在人的一生，深深地影响你的行为和观念的，固然有那些大的事件，大的道理，却也有一些小事，它们让人终生不忘，潜移默化地改变你的想法和行事的方式。有一次，一位同学写了一首很长的诗，有一百多行或者更多，以白话的直喻来抒发青春的革命热情。我觉得太直白了，诗味不足，就对钟老师说了我的看法。钟老师则是赞赏那位同学的才情和热情，说写成这样，这么长的诗，很不错了。我常常会想起这件小事，因为如何评判一个人一件事确是一生的学问。

中学的青春时节，留在记忆中的东西有这样明亮鲜艳的，但灰色却是基调；有些当时是鲜红的，现在想来却是荒谬的，尽管不堪回首的，主要不是自身的行事，而是我们所经历的那些浩劫。

当时中学毕业的出路，农村同学回家当农民，城镇同学少部分可进国营或集体企业工作，多数则也要当知青，即到农村当农民，当时叫作“插队”；军队子女起初也要下乡，后来则可以直接去当兵。高中上到三年级，不少老师和同学觉得再学下去也没有多大意义，不如学些实用的技艺，还有补于事。于是，我们那一届高中的最后一个学期就根据大家的兴趣和爱好分成了政宣、农机和植保三个班。所谓政宣班主要就是学习各类文体的写作、采访和报道。钟老师是我们政宣班的专业指导老师。他和教数学的朱老师带领全班同学到杭州北郊的大观山农场住了近十天的时间，实地练习采访报道。大观山后来被发现原是良渚文化的核心地带，我们当时与农场工人一起挖土造地的小山，原来是四五千年前良渚人建立起来的城址。那时的风光还是自然的，而所在则比古代良渚人时代或许要相对高敞一些。正是仲夏时分，傍晚少年同学徜徉在田头地边的草路，坐在柳下的河塘边，夕阳是如此的艳丽，平静的水面上五彩缤纷，刻画出了那些让人终生难忘的青春面庞的剪影。

冷酷的革命已接近尾声，时刻提着的心终于无可避免地松懈下来了。恶政的余威还在，但人们已没有多少颂扬的热情了，日常的生活虽然艰难，但逐渐顽固地偏向它世俗的轨道。那时的人们都会说“黎明前的黑暗”，却不知道自己正身处黑暗的边缘。

毕业后，很快我就下乡去了，虽然无可奈何，却是主动去的；既然非去不可，也就不如早早下去。想起这一节，心头现在还会隐隐作痛。下乡后第二年的秋天，大学恢复考试招生。听到这一消息，几乎有霹雳一声天地开的惊喜，个人的前途有了靠自己努力而可以改变的公平机会了。于是，再次回到就读过的中学，造访各位老师和他们的补习课程。那时老师和学生一样的兴奋。与钟老师的接触也就又多了起来。这是一生中精力最旺盛的时期，每天只睡四五个小时，从接到通知到参加第一次考试总共不到三个月的时间，就将要考的四科的所有中学课程复习了一遍，而数学的高中课程几乎是从头学起的。

我的人生都是一步一个脚印走过来的，既无偶然，也没有天外的幸运降临过。不过也有一次很妙的巧事。七七年高考复试之后的某一天，中午午睡做了一个梦，说是被大学录取了。更巧的是，正在梦中，阁楼下传来钟老师开心的笑声，他来告诉我：我被北大录取了。这在当时，自然是一件莫大的喜事，应当欣喜若狂。而我只是想，生活终于打开了通向我想往的道路的门，不必再在农村虚度岁月了。但门之后的路是怎么样的，当时我并不清楚。在我的中学生涯，钟老师曾指点我们走向这道门的步伐和方向，但门在当时始终是向着真正的学子关闭的。这道门一旦开启，钟老师的教导就展现了重要的意义。

从此，我就远离故乡小镇，远离了中学和农村的劳作。中学时代很喜欢普希金的一句诗："一切的痛苦都将过去，而过去了的都会变成美好的回忆"。青春的痛苦因成长的裂变，有其自然的色彩，过后就会显出空幻，在记忆中的再现反而带来愉悦的情绪。但是，我们所经历的痛苦和绝望多半来自禁锢和扭曲，是社会的，不仅切实，它们的影响也是终生无法消弭的，即便在回忆中也难以转变成惬意的感受。不过，当时铭记在心的美好事情，在今天的回忆里，也足有平伏那些苦难影响的动人力量，而钟老师就是一位能让美好事情发生的人物。

这写了近十年的文字终于完成，而冬天也不远了，再回杭州时，要去看钟老师，去听一听那几十年不变的爽朗笑声。

2010年9月10日写成，2011年1月2日改

毕于北京魏公村听风阁

发表于《文景》，2011年第1、2期合刊

绍兴三题[①]

徐渭故居

“几间东倒西歪屋，一个南腔北调人。”初读之时，击节惊叹，低回良久，那已经是在北大老三十八楼的宿舍里。激动我的心的，不是其中所谓的屋——居有屋在当时是极其奢侈的念头——而是文字中的意气，落拓自嘲，潇洒自任。这样的情怀不会消歇，如此的意境却大约将终结于吾辈，难为后来的人所体会。所以，我想，此联亦会成了绝唱。

青藤书屋，在脑子里最初浮现的画面，是几树荒野之木垂颇下的数间似破非破之屋，门前一位若归似出的独行人。这意象其实是变动不定的，并没有此处写就的文字那样的清楚，而所牢牢

① 二〇一〇年五月下旬，正是孟夏时分，朋友数人受振华之邀，做浙江行。又过绍兴，寻访先贤遗迹，登禹陵，谒阳明墓，探青藤书屋，访蔡元培故居，游兰亭，瞻仰印山大墓，所获颇丰，而所感亦深。随题三则，以记当时所见所感及后来生发的所思。

镌记的其实也就是青藤书屋四个字，它一直在记忆的原野里流连。起先以为书屋早就不在了，明朝的房子，能保留到现代当是一个奇迹。后来又听说，它还是在的，只是并无特别之处，一座普通的宅子，也不倾斜，只是遗物荡然。这样的宅子在绍兴多得是，或者说绍兴老城多半是由形形色色的这类宅子造成的。再后来，绍兴的古城差不多被荡平了，于是觉得再不来看一眼，会对不住多少年的思慕。然而，亦怕看过之后，反而更加意兴萧索。

今年初夏，终于走进了徐渭故居。进大门就是庭园，一眼瞥见墙角的一丛芭蕉，又见有石榴和葡萄，觉着意思有点对了，但格局不合法式。传统民居的庭园是在住宅的后院，就如鲁迅写过的百草园。这样的园子，墙上会是一片浓密的树冠，或者一丛摇曳而起的竹林，再远处就是山，和山上的云，云缝里透出的阳光照射到院里布满苍苔的假山石，和山凹处绿池的水面。墙外或是另一面墙或几面墙，墙上有一个或几个小窗，你望见的还有黛色的瓦，就知道这原来是城市中的一角，小镇里的一隅。旧时，江南有规模的民居，在房后都有这样一处安置花木山水的后园。几棵桂树、樟树、石榴，抑或栀子和海棠，是院子上层的大势，芭蕉旁边，或有一片竹林，几行兰花，幽幽有思。假山里面，总有许多可以曲折穿行的幽径，俯仰攀爬的洞穴。倘若是大的假山，石间或石上亦长有小树、藤萝、茑萝或其他攀缘植物。院子是四季常青的，地面上，砖径和石径间，以及假山上总是覆有一片片的苍苔，时见屐痕。这样的宅院虽然易主和破败，主体和格局还在，不过，有假山的毕竟不多。但在今天，它已属凤毛麟角，虽有仿建的旧式住宅和街道，高屋大厦是营造了起来，庭园通常是省略掉的，它也是这个时代浮华的另一面。

徐渭故居的三间平房相当简单，看似余物，不成住宅的体统。房子里除陈列一室稍有文气，其余的总嫌草率而乏品位，这不是因为所陈设的东西是仿制的，而是因为陈设得不经心，仿品的粗劣。

书屋南窗外有一方天池，一架青藤，在粉墙与南墙之间，虽然不是旧物，却隐隐有些古意，是为了印证徐渭的号和书屋的名。

这样的房屋和园子，现在虽然鲜见，却也并不特别，所说的青藤和天池也不奇。只为它是传说中的青藤书屋，才有了意义，是徐渭和他的书画诗文，赋予它以别样的气象。

我是先晓得有徐文长而后知徐渭的。江南，在我们这一代，几乎无人没有听过徐文长的故事，但也极少有人知道他叫徐渭；人们会讲徐文长种种促狭的事情，但不清楚他其实是一位大画家、大书家、大剧作家和大诗人。民间有自己的传说途径，四百多年的徐文长故事就这样变得家喻户晓。可惜的是，它或许也就会中止在我们这一代。

郑板桥愿为青藤门下牛马走，两百多年后齐白石也说出了同样的向往，而民间故事虽然说他聪明绝顶，却都是破话。直到多年之后进了北大，我才初次读到徐渭的著作和有关徐渭的文字，也才知道徐渭就是徐文长。只是乍读之下，怎么也看不出这位徐渭与故事中的那位主角有什么干系，光阴荏苒，又是几年后才购到了四册本的《徐渭集》。

天才与疯狂是很奇妙的关系，常新的话题。有一天，我似乎是突然悟到，徐渭作品的超凡脱俗，其行为的惊世骇俗，正是徐文长故事的缘由，民间故事本来就有这样的风趣，对他的聪明和特立独行，是既有批评又有羡慕。周作人搜集的“徐文长故事”与我少时所听说过的最为切近，其意思除了徐文长的促狭传奇，亦是要讽刺世人的。最能引小孩开心的那个“都来看”的故事，周作人大概遗忘而漏掉了。

我想，徐文长的故事当是在徐渭生前就开始流传，因为它的朴实，直接述说轶事，而不说他的文学艺术成就；不过，没有这样的成就，传说也就难有那样广泛的流布，就像江南沈万三的故事一样。

精神性的成果，或曰思想、科学和艺术的成就，与人的特立独行是须臾不可分的，想象和创造的能力与敏感之间的关系，也是如此。当你为凡高割耳之举感到震惊而体会出天才的极度敏感，就可以领悟到，四百多年之前徐渭用锥刺进自己的双耳，就在于无法忍受世俗的攘扰——你会不会惊愕得说不出话来？多数艺术家的生活本身，亦如艺术活动，就是一项创作——这在常人那里被视为疯癫，也就合乎情理。徐文长故事的流传就有这样的道理。

明朝杭州人黄汝亨为徐渭文集作序时说：“世安可无异人如文长者也！”［《徐渭集》（三册），北京：中华书局，1999 年（下引同），第 1354 页］他的序就像一篇为一代异人做辩护的词状。其实，常人是少不了特立独行的人的和事的，否则如何来消遣这无聊的人生？而文人——泛义的——更需要卓荦不羁的人来激发他们的灵感、思想和情绪。然而，黄汝亨也说，徐渭一类的异人异事是从正气激射出来。在这个时代，特立独行的人越来越稀有，其原因不是这个时代的人智力不够优秀，而是浩然之气实在萎靡得无以复加了。

徐渭同乡陶望龄的评价，可说是平实的，高处他可以说，“越之文人著名者，前惟陆务观最善，后则文长。”（第1341页）虽然，“渭亦矫节自好，无所顾请。然情豪恣，间或藉气势以酬所不快，人亦畏而怨焉。”（第1339页）又说他为人猜而妒——这两句就点出了民间传说的主题和缘由。袁宏道的评价要高过陶望龄，称徐渭为有明第一人，赞其“眼空千古，独立一时”，“强心铁骨，与夫一种磊块不平之气”，所以不仅是文人，亦是英雄，可以“一扫近代芜秽之习”，而让袁中郎赞叹不已的徐渭之气与势就在于一个字：“予谓文长无之而不奇者也，无之而不奇，斯无之而不奇也哉。”（第1342—1344页）

再回看眼前的这个青藤书屋，原来也是差强人意。陶望龄笔下性通脱而肆行自为的徐渭，与这座有些雅致却也平常的园子不那么合调，与以“几间东倒西歪屋”自嘲者也不相称。何况，这几间房子和这个园子确实也难以看出明朝的特色来。

后来知道，青藤书屋确实是上世纪八十年代重建的，它的意义多半也就是一个纪念馆了。吾辈有幸，还曾领略过中国传统文明的大观和细节；吾辈不幸，亲身目睹了这个文明最壮观的存在被毁灭的过程：它的建筑，它赖以存在的城市、乡镇和村庄，以及活动在其间的生活方式，无可挽回地消失了。于此，我又感叹起一件在今天不可能的事情，即古代人为保存青藤书屋而做的努力。

青藤书屋西壁上有《陈氏重修青藤书屋记》碑，曰，“宅凡三楹，中设先生栗主，三百年来受是宅者，咸敬礼先生勿替。闻有金进士传世授徒于是，前后凡数十年，每朔望，率弟子瞻拜，奉事尤谨。于时青藤抽条发荣，绿阴如伞盖，青藤之灵与先生俱不朽矣。”诚在中国古人那里，有时行如天道。

徐渭自然是不朽的，这是因为他狂放的性格，对人、事和世界的卓尔不群的感受和理解，创造的无比胆量。磨难自然有意义，但没有这样的精神，磨难尽可以让人成为行尸走肉。

徐渭当时安身的故居究竟如何？虽有记录和遗物，却多半还难以考证。然而，这房子和园子因其名而生出了气象，又让后人有了一个凭吊的所在，缅怀的空间。我们这一趟就有这样散漫的追思。故居外墙上嵌有“自在岩”遗石一方，它倒说出了另一层意义，屋如何东倒西歪，人如何南腔北调，唯其精神自在，这青藤书屋也就可以引人入胜了。

蔡元培故居

少时读鲁迅作品，涉猎相关文献，便知道了蔡元培，当时觉得他很了不起。对蔡先生的敬仰之心，则是在上世纪八十年代之后才慢慢生起的，因为了解了他的历史，体会到他所做的事情的深意，他的观念的重要性。

蔡先生一生奔波，住过的地方不少，但辟为纪念馆的，大约有三处。一处在北京，一处在上海，还有就是家乡的故宅。绍兴是蔡先生的父母之邦，出生之地，是他独立从事教育活动的发祥之地——在这里，他主办和领导过多间新式学校。我虽然久居京师，也写过以蔡先生为主题的文章，但从未一访先生故居；上海到过多次，也从未去过那里的故居，就如没有去过当地的鲁迅纪念馆——只是念大学时路经上海专程到虹口拜谒过鲁迅墓。不去的原因，除了别的，是唯恐没有获得新的知识却反而沦于失望。了无生气的程式，粗糙的建筑和装修，拙劣的仿制品，和漫不经心的管理，是会摧残从文字里得来的好印象的。

然而，近年来过访绍兴多次，总觉着有所欠缺，原来是心里存着拜谒蔡先生故居的念头。

在离故居所在弄堂尚有一段距离时，就遥遥地看见一片大的广场，中间坐着一尊巨大的蔡先生塑像。坐像的先生文质彬彬，和蔼可亲。但这塑像占据这么大的一片地方，让人觉得不妥当，不免生起疑问：这是元培先生受到的尊重，还是受到的讽刺？这个所在原来是绍兴老城区，原本应当是鳞次栉比的民居，纵横深长的街道和弄堂。倘若它们保留在故居的周围，就可以展现这座城市、建筑和社会环境的当时本色，故居的价值就会更高，而元培先生的风范也就更加彰显。倘若有人真是希望日日瞻仰先生，在故居的墙门里外，其实都有塑像的合适位置。北大蔡元培塑像树立在未名湖畔小山的树丛里，甚至有点不显眼，伟大人物居一个谦厚的位置，四时却总有鲜花供奉和敬仰者参拜。而坐在此处的元培先生，孤零零的，难免让人生起敬而远之的感觉。

故居显然是重修过的，所以外墙与大门都显得很齐整和新鲜，不过依然还是朴素的，有古典的庄重，让人尤其喜欢的是铺在地上的麻石板，顿生回到了从前的感觉。

纪念馆里的展品实在太少，实物则少之又少，而陈列的设计走的又是通常的路线，从出生到逝世。绍兴的蔡元培纪念馆，突出先生在绍兴的活动及其特色，除了详尽的介绍，还应有丰富的本土文献文物——这些都是题中应有之义。但眼下的陈列似无如此的考虑，于是显得简略，蔡先生的事迹是按其一生大致均匀地陈列的。文物的匮乏，因为几十年的破坏，又遭“文革”的浩劫，是情有可原的；但陈列的平淡，却令人有情何以堪之慨。

人们之访故居和名胜，比如蔡元培故居，比如兰亭，是来追寻先哲的足迹，感受历史的氛围，或者简直就是来嗅一嗅曾经的气味。历史感和现场感，让人在这里获得身临其境的直观体会，是其必不可少的基本因素。今天，文字的和图片的资料人们可以很轻易地从网络上获得，是不必风尘赶赴地专程到博物馆或纪念馆来阅读的。人们也不单单是来看看风景，看看建筑的——尤其是重构的建筑，而是要领略人物和事迹的场景，可以一发思古之幽情。

再说远一点，其实故居纪念馆还可以提供专门的背景文献和资料，让人们了解，能够造就蔡元培先生这样伟大人物的时代和社会究竟是什么样子的，为什么到了今天，人们又追慕起民国的那些范儿来了？

蔡先生故居所在的巷，还保留或者恢复了当时的一些气象，整洁而悠长，不过，似乎也有不对头的地方。一般而言，在城市里有大宅子或所谓大房子的巷，两旁当是高高的风火墙。所谓的“雨巷”是仰起头才能看到墙顶和天的，而雨要在两墙之间飘荡一段时间，才会悠悠地落到油纸雨伞上，行人头顶。不过，蔡先生故居周围的本来环境究竟是如何的，现在可问谁人呢？何况整个绍兴老城作为整体已不复存在了。

大约直到上世纪八十年代初，中国乡镇的，乃至都市的多数民宅，还是民国时代和更早时代的建筑。因为多数收归国有，所以总体上就是日趋破败；即便有少数私房，在当时也很少有人能承担得起维修的费用，更不用说，出于意识形态，破坏或拆毁传统建筑可以做得很堂皇，而要按原样修补或修复，则会触犯政治的大忌——那是复辟。尽管如此，它们艰难地维持着传统建筑的风貌，维持着乡镇和城市千百年来的格局。到了八九十年代之交，特权阶层的权势和利益，将历史的包袱、人们极度的短视、品位的低下、暴发心理和对历史和传统的蔑视，整合成一股破坏中国传统城市、建筑和其他文化遗存的巨大力量，形成了最后一次破坏的高潮。到了本世纪头十年的中期，这个过程大体完成。中国城市的传统布局与建筑从体系上和格局上，均遭毁灭。传统的街道和建筑整体幸存下来的，既属少数，亦因僻远；比较完整的，如浙江的乌镇、徽州的宏村和西递等古村落，云南丽江等古城。与此同时，一个仿建古街古建筑的风潮也开始兴起，最早的有北京的琉璃厂，著名的有杭州的河坊街——不过，这里其实还有少数真正的老建筑，只是新修的街与传统的格局基本无干，最近的集大成者则是北京前门整条新建的仿古大街——这究竟是一个什么样的物事，人们真的很难说清楚，但确实不是历史的存在。

然后呢？无限的痛惜。起先是少数先知先觉者的呼吁乃至流血的抗争，后来有全民族的追悔，诚然，这也意味着民族意识的苏醒和良知的恢复。

如此的摧毁，让中国人失去的，不单单是传统的城市和建筑，而是整个民族的历史记忆及其明证。一个缺失历史记忆的民族，一个蔑视历史真实的民族，一个在建筑和礼节上随意伪托的民族，与一个有五千年传说三千年文字记载历史的民族，这两者之间的过渡和联结，究竟是如何在我们一代人身上实现的？

绍兴为人文荟萃之地，二千五百多年的古城，原本是一步一遗迹，一巷一名人。这个报仇雪耻之乡而非藏污纳垢之地，辈出铮铮铁骨的人，这一点人们可以从历史典籍中读到；它也是温婉的水乡之城，优雅的文物之邦。徐渭曾说，“浙之山川莫胜于会稽，而会稽犹莫胜于剡。人生其间，往往美秀不群，而尤隽者，道德事功之外，遂以文与诗鸣于乡，播于方域。”（第 902 页）这在今天渐渐地难以为人们领略了。

不过，依然要庆幸的是，由于蔡元培的缘故，终于保留了这样一所依照原先的样式和风格建造起来的传统民宅，人们还可以由此想象一下古典的风流和气度。由此想来，我们要感谢徐渭、秋瑾、鲁迅和蔡元培等先贤，因为他们，今天人们还可以在暴发而杂乱的城市里发见我们祖先的几丝足迹，他们精神的几样物本。

印山大墓

在切切实实踏上印山之前，这座大墓一直是充满悬念而令人神往的所在。从有报道伊始，它就引起我的极大关切。起初是因为墓形制的独特，还有它周围山水地形的优越。虽曰神往，其实在我，无非就是多读一些文献、资料和图片，而至于竟日不辍，但并无行的冲动。此次就如去看青藤书屋和蔡元培故居一样，却有了非来不行、非看不可的念头。

中国名胜，风景除外，想象往往比现实更美好。然而，与参拜徐渭和蔡元培故居不同，此访的结果是喜出望外，四围形胜、大墓本身和博物馆，令人眼界一新，而天气又是格外的晴朗。

陵墓讲究形胜。印山是一片坡度不大的丘陵上突兀而起的一座小山，不高但很有气派；山形方，似官印，上面又有如印纽的封土堆，名字就由此而来。四围皆是崇山峻岭，中间并无建筑和山坡的阻隔，在山上四望，方圆几公里尽在眼底，独尊的气象自然生起。这山岭也切合对远古越国这一片土地的原始想象，唯是树木没有森林的气势。在孟夏时分，无论庄稼还是树林，都是极其润泽的，它们的绿色像是要溢出来一般，这就是与北京绿色的最大不同。此地离兰亭不远，约莫这一带在古人看来皆是好山水。

陵墓周围有888米长的隍壕，据说作用类似于护城河，现在淹没在一片农作物之下，但仔细看去，还是可以分辨出来的。

大墓发掘之初就吸引人们的注意，发掘之后又相当轰动，不仅因为它是春秋晚期江南第一、整个中国第二大的王陵，也因为它的独一无二的特点，比如长条形的墓穴，断面为三角形的墓室，由一棵巨木一剖为二而成的独木棺。走在墓室边上的参观甬道，直视那高高耸立已经发黑而不拱的樟木，疑问会接二连三地升起。这样空前绝后的墓室所出何自？按现在的展出，极具审美的冲击力，但其实用的意义又何在？这些大木从何而来？在青铜时代，墓如何开凿，这些巨木又如何处理得如此光滑，而这二千多年的漆如何始终保持光鲜？诚然，专家对此大都有现成的答案，参观者的疑问也无非是惊叹的另一种表达。

先民的独创性和想象力，他们的浪漫风韵，借重新面世的遗物婴薄我们，形成颇有冲击力的气场，令现代的我们惊叹和神往，亦反躬自问。就如当年参观三星堆，那些人物和器物的独特造型，带来的是精神、审美和历史知识方面的巨大的震撼，哲学的深思。中国古代文化的多样性，通常是国家的教育所忽略而我们的想象所不及的。大约十多年前第一次去曲阜，顺道参观少昊陵，竟然是一座金字塔式的陵墓。虽然建于宋朝，第一次见到中国古代原来也有这样的形制，确实也惊讶和激动了好一阵子。为中国以及世界文化的独特性，这一代中国人做了些什么？中国先民的生活和精神世界，因为文化的断绝而与现代的我们有如异种文明，但这些展览将祖先的精神直接展现在面前，让我们在震惊之际从观念上与他们关联了起来。遗憾的是，这个墓已经多次盗掘，没有剩下多少陪葬物了。否则，睹其遗物，就可以更加细微地一窥古越先人生活世界的若干层面，以及反射出来的精神光芒。

走在印山墓室的参观甬道上，突然想起住建部一位副部长最近的讲话，说当代中国建筑的平均寿命只有三十年。我们生长的时代以及其后的时代，听过太多将一切的困难、错误诿之他人或前人和托词，最初是国民党反动派，后来由刘少奇取而代之，接着又是林彪反党集团，又有“四人帮”；在上世纪八十年代末至世纪之交，传统文化又一次被当作替罪羊，要为今天人们的过错承担责任。但这经历了二千五百年的岁月、历经盗墓贼无数破坏，却保持了当年规模和格局的大墓会告诉人们什么？从青膏泥、炭灰的密实和界限分明，树皮层树皮的均匀和紧密，到木椁条木的整齐有致，证明的只是我们先人和传统文化中的认真、诚实和严谨。

从印山大墓考古报告中读到，当初发掘时，木椁条木朝里一面和与两边相当平整，木条与木条之间毫无间隙，墓室内面的木椁面全都上了漆，初见之下，漆非常鲜亮，内部显得富丽堂皇——这些今天已经看不到了，因为保存技术跟不上。二千五百年与三十年之间的对照，是无可避免的联想，出于一种深的关切。在参观博物馆和纪念馆时，这样的联想和反思油然而起，却很累人，有违旅游的轻松。然而，观念的兴起，原非人可随意抑制的，而对以哲学为职业的吾辈来说，思想的随时兴起也已经成了一个习惯。

还是再回到博物馆。这是一个建造得相当好的博物馆，布局大气、合理和周到，装修也颇为精细。参观者可以从上面俯视整个墓室，而大墓形制全部展现在视野里，是相当壮观的景象。参观者也可以拾级下到墓坑底部，沿着墓室外围近距细看炭灰、树皮层和椁木，探视墓室内部的格局。博物馆大厅立有不少文字和图片栏，提供说明性的知识。博物馆管理得也不错，整洁，宜人，那天馆内安静得到了肃穆的地步。

其实，印山大墓在史书上早就有记载，《越绝书》上说，“木客大冢者，勾践父允常冢也……去县十五里。”据专家的解释，如此的记载是再清楚不过地指明了陵墓的方位，因为印山大墓所在的乡叫作木栅乡，而栅在绍兴方言里与客是同音的。可令人费解的是，在一九九六年的偶然发现之前，文物部门并没有主动来做过调查。不过，在战国时代就已经有人来盗墓了。据考古人员分析，最早的盗掘，甚至就是政治性行为，比如，楚败越和秦灭越，为了防止越民族和国家的再兴，楚秦两国就先后挖了越王的祖坟。

越地是中华文明的一个渊薮，光辉灿烂。此地原来最著名的陵墓是大禹陵。相校之下，印山大墓则有其真实的力量和魅力。禹陵应当就建在这块土地上，但已无遗物可资证明，唯余后人凭吊的遗迹和场所。印山大墓则展现了这片曾经以灵秀著称的山水的宏伟一面。

巧合的是，徐渭之墓恰在印山大墓的旁边，在一片树林的深处有一个徐氏家族墓园。它能够躲过“文革”幸存下来，不能不说是一个罕见的例外，其缘故或许在于太过偏僻而为人所遗忘。两处墓地，规模悬殊，等级有别，人物各异，却能够真正地交相辉映——这里的山川就能够有这样一种气象。

从博物馆出来，情绪尚在激荡之中，抬眼四望，一丝遗憾却涌上心头，如此壮观、精美的博物馆，竟然只有我们这一行参观者。

2010 年 11 月草于北京魏公村听风阁，

2011 年 6 月 24 日改定

发表于《文景》，2011 年第 6 期

书之初忆

书的初忆，总觉得那个下午不够绵长。

天气很好，有些温和，有些高爽。一个小人儿坐在小板凳上，俯首看书。板凳安放在青石板上，石板很干净，青色的表面已经平滑；背后是深褐色的板壁，板壁里面就是镇上的图书室。图书室的窗外是天井，因这个读书的小小人而显得宽大，那蓝的天远在黝黑的瓦片之上，静谧，天、天井和青石板的光泽，还有窗后微暗的虚空，都在一起读书。这是一座大宅院的天井，图书室就是右首厢房。房间不大，里面的书应当也不多。借书想来是相当方便的，不记得有什么手续。

我读书的初忆就是这样一个宁静的境界，或许出于专心，把他人的脚步都忽略了过去，图书管理员应当是在的。在此后悠悠的岁月里，读书总能让我放过生活中的各色物事，伤痛也好，愤怒也好。

长长的读书生涯追溯开头，就到了这幅天井秋读图。那天读了什么书，今天渺无印象，总不是小人书。小人书也就是连环画，是给小学生或更小的儿童看的，故乡一带，小孩称为小人，这个叫法大约就是如此而来的。那时，小人书通常是由私人出租的，城里镇上路边一家小店面，一个书摊，在架子上摆放着或用绳索挂着许多小人书的彩色封面，一排小板凳，坐着专注而贪婪地阅读的大小孩子，不过，都是些男孩。我认字之后，不太喜欢看小人书，觉得不过瘾。即便翻看，也往往只读下面的文字，而不太注重上面的图画。

我是进了小学才识字的。原本六岁就要去读书的，只是当时所住的那个小小镇离最近的小学也有好几里路，中间隔着一大片果园，其实是花木世界，但父母不放心，所以到了留下才上学。甫一上学就钟情于书和文字，在里面寻得别样的世界，一俟知道镇上有这样一个图书室，不啻发现了宝库。它也不是每天都开的，但开放的时候，常客中有我。因此，这个初读的印象或许不是第一回在此处读书的情境，只不过生命中读书的记忆没有比这个更早的了。这样的光景大概持续了一年多。来年“文革”爆发，这个小小的镇图书室也就关门大吉，以后就消失不见了。

早期的阅读，现在还有鲜明印象的就是几篇语文课文，几篇儿童故事，它只是一个短短的序幕。记得有一本藏在床底下的童话书，好像是从日文翻译过来的，内容大致是讲草木仙子和小精灵一类故事的，还有小仙子的插画。

一年级还算清新的课文到了二年级时就换成了充满颂扬、愚忠、戾气和愤怒的文字。比如，有一篇课文是顺口溜，名字叫作“打倒贼江华”。江华是当时浙江省长，在学习这篇课文前，乡镇的小学生自然不太清楚省长是做什么的，这离他们的生活实在太远了一点。十余年后看到江华主持审判“四人帮”时，就想起课文中“贼江华，欺上又瞒下”的句子。

从初认字到读高年级和中学语文课本，再到读长篇小说的过渡，是自然而不分明的。可以连蒙带猜地阅读各色样书籍的辰光当在小学三四年级。这一段时间也正是“文革”的高潮。

身历那场浩劫，每个读书人的阅读都会有自己特殊的经历。虽然在“文革”之前就发生过几场批判教育、文化和知识分子的运动，但是尚未疯狂到全面摧毁的程度。到了“文革”，这种疯狂终于爆发，彻底破坏就是当年“红卫兵”和“造反派”的主要活动；几千年的文明唯余断墙残垣断简残篇，继之而来的是他们彼此之间的武力斗争。我没有见过“红卫兵”造反派拆庙捣毁图书馆的行动，但掘坟、抄家和游斗的事还是看过不少。一群小孩跟着大人，也就是“红卫兵”“造反派”到所谓“黑五类”的家里抄家，那时既觉得热闹，也有一些害怕；否则，那本童话书也不会深藏在床底的杂物之下。最惨烈的见证之一就是烧书。我家对门有一块空地，“文革”初期的某一天，那里堆起了许多抄家抄出来的物品，当时称之为“封资修”的东西，如祈神、祝享的器具，绫罗锦缎的中式服饰，民国或更早的特别器物，还有好多书，包括线装书。火被兴高采烈地点燃，有人欢呼，而我看着那些书一本一本地被燃起火焰，虽然可惜，甚至有痛楚的感觉，却也没有胆量从中去抢出一两本来，其实就有年岁稍长胆子也稍大的孩子这样做了的。这些书中有许多正是平时求之不得的，却这样化作了舞动而上的火焰，然后就是一片片的纸灰，飞到黛色的瓦片之上，在小镇上空盘旋许久。直到今天它还会时而飞起。在柏林，凭吊纳粹烧书处，那纸灰就又在眼前飘舞而起。

“文革”初期，除了马恩列斯毛的著作、鲁迅的著作和党报，还有造反派的印刷品，其他所有文字，一夜之间都成了毒草。破坏和武斗之后，革命的专制稍稍宽松，于是，除了政治的和大批判的文字，文学的尽管依然是革命的读物也慢慢地被允许公开阅读了，小说最早有《艳阳天》和后出的《金光大道》，奥斯特洛夫斯基的《钢铁是怎样炼成的》，高尔基的书好像也是可读的，当时还有一本小说不像小说、历史不像历史的《虹南作战史》。

不过，读书人对于书的渴望实在是难以长久和彻底遏止的，江南千百年来的尊崇知识之风，也是难以为主导“文革”的那些流氓文痞一时禁绝。劫后残存的书，未经劫难的书，慢慢地就在中小学生之间流传。有些书是抄家时私自藏下的，有些是在打砸学校或单位的图书室时从那里带出来的，也有些是事后从那里或存放抄没物品的所在偷偷地拿出来的，还有就是从火堆里抢出来的。一些品相好的书则是普通人家藏着没有上缴而保存下来的。

这些书在孩子中间是悄悄地流传的，大人一般不知道，在初期，知道了也就会干涉，毕竟他们比孩子更知道触犯革命戒律后果的严重性。书的流传，除了特别要好的朋友，是要交换的：一本书换一本书；不过，这条规则不是一成不变的，也可以用其他被孩子们认为等值的东西来换。要知道，在那个时代，可供孩子玩的东西同样也是很匮乏的。实在不行，还可以赊借，譬如许诺将来有好书一定给你看，有好事一定想着你。还有一点，就是不能对别人说，否则一不小心书就会被没收。

那时我没有藏书，其实谈不上藏书，就是没有什么值得看的书，只是凭交情借书来看。这通常就是利用书流传过程的空档，比如一个人换得、借得或以别的方式得到一本书之后，却半天有事，没有时间看，于是就去借来读；那就会读得废寝忘食，天昏地暗。那时，跑人家即北方所谓串门很方便，书的消息就在大家的走动中获得和传播。有时，实在借不出来，就在别人看书时凑在旁边一起看。遇到耐心而乐意照顾人的，还能每页都完整读遍，如果有不那么耐烦的，或者本来就有施舍之心的，就得小心地照顾书主的心情，只能顺着他的意思，而不能提出慢一点、等我看完这一页再翻页这样的要求。遇到那些情节曲折吊人胃口的小说，耐心的书主就统统消失不见了。就是在这样的情况下我读了如莫里哀的戏剧集等一些当时半懂不懂的书。那些书多半都是没头没尾的。所谓没头没尾，不仅没有封面和封底，也不只是前几页和最后几而都不见了，而是前十几或几十页形成一个残破的梯度，尚存的第一页只有半页甚至小半页，后一页比前一页多一些，逐渐到完整的一页；不仅缺角，残存的书页多半也是卷边的。追求完整的人还会从半页开始读起，半页，又一个半页，然后就是四分之三页，后来就是缺几行，缺几个字。没有耐心的人就会直接从第一张完整的页面读起。到书的最后，残破的情况又再现，不过，秩序是相反了。这倒也锻炼了读书的能力，会猜测情节的开始和发展，自然也训练了快速阅读的能力。在北大上研究生时读到美国大学的阅读教材，上面所谓的快速阅读法，就不是一行行地读，而是斜向一目十行地阅读，恰与当年的读书经历巧合。因为这样的读书法，许多书读过以后，却不知道书名是什么。不过，这并不影响读书的兴趣和收获，开卷有益或者也可以这样来理解吧。

邻居里的中学生常常会过手一些抢手的长篇小说。他们不太愿意借给小孩，但一旦出借却不必交换。那个辰光人就会如获至宝，飞快地回到家里闷头读书，天塌下来也不管了。有时书只有几个小时的空档，书主为免得借出之后再要回来的麻烦，主要是怕强行索回，有碍情面，就要求在书主家里看，这样书主一俟得空便可随时取回。少年时，为别样的事，要向他人借东西，甚至请人吃饭，都会觉得不好意思，唯有向人借书一道，却还是蛮有勇气的。

那时故乡镇上的房子，家家都有一个堂屋，门口有青石板或麻石板的台阶，几把或大或小的竹椅。这就是与人一起看书，或在书主家看书的所在。街上有行人往来，左邻右舍的台阶上有人闲坐，做女红，谈天，但读书境界是自在无碍的，不易为旁人他事侵入。

如此这般几乎来者不拒的读书经历，倒是养成自己广泛的读书兴趣。书之各色品类，民国的、“文革”前的和“文革”中的，直到当时流行的手抄本，都曾经读过。由于书源有限，所读的主要还是文学作品，尤以小说为主。《林海雪原》、《茫茫的草原》、《平原枪声》、《苦菜花》、《野火春风斗古城》、《秋海棠》、《三家巷》、《家》、《春》、《秋》、《七侠五义》、《岳飞传》、《女神》等等，都是在高小和初中之间阅读的。在那个年代，这些书多被目为毒草，那时的人曾认为，小说是反对派所发明的一种反党的工具，所以一九四九年以后的出版的小说除一两本外，余无幸免。例外的是《红楼梦》、《西游记》和《水浒》。《红楼梦》读过许多遍，当时还收集了几本“文革”时代的《红楼梦》研究文献。不知道什么原因，对《三国演义》一直没有多大兴趣，到今天也没有把它从头到尾读完过。

初中时期，中国社会多少有点向正常状态恢复的倾向和动作。一些文学和其他的刊物恢复出版，在江南比较有影响的是《朝霞》和《学习与批判》，前者我还订过一年。中学教育一度要恢复正常，学校的图书室也开放了，一时看到书原来有那么多种类，不免惊喜，就借了多位同学的借书证，抱回许多书，结果一时读不完，被同学催着要还回借书证。所读的书中有几种印象颇深刻，其一是郭沫若主编的《中国通史》，其二还是郭沫若的《李白与杜甫》，第三是一本天书《音韵学》。借此书时，图书室老师好奇地问：你怎么想要读这本书？记不得当时是如何回答的，但起因大抵是当时正在学写词和律诗，想了解押韵的知识。本科时倒是上过周祖谟先生音韵学的课，不过，到现在也只是大致知道这门绝学是研究什么的，享受了在其门外不断探头张望的乐趣。

那个时候还借哲学书来看过，在动手写这篇文章伊始脑子里却毫无这样的印象，日前偶尔找见初中日记才翻出了这一节。日记写道，哲学太高深了，需要很好的基础，现在还是读文学的书为好。想不到的是，以后一生竟以此为业了。在初中时期，正而八经地读过的高深理论，首推《共产党宣言》，在北大听马哲的课时所用的还是中学那个本子。毛泽东的著作不用提，当时的政论文章实在读过不少，只是那时所说的马列主义和社会主义与今天所说的浑不相似。

初中毕业时，我也有了几本藏书，其中几册现在时而还会翻阅一下，如一九七三年人民文学出版社竖排的《红楼梦》，一套按鲁迅生前出版的单行本重版的鲁迅著作集，“文革”之前出版的《唐宋名家词选》等。升入高中后，我的阅读兴趣就转向历史、文学理论、国际事件和政治，这是阅读的另一阶段，与书的初忆相距甚远了。

中小学时光我们一代大半处于文化浩劫的年代，知识，尤其是精英知识，按照当时主流意识形态近似一种原罪。那个时代也提倡普及小学和初中教育，但目的除了政治灌输，还在于实用技术。图书的流通和出版有如荒漠里的草木，有些还是半枯或全枯的。故乡原是文物之邦，可谓步步皆是历史，而我是进了北大之后才逐渐地获得这些历史的书本知识的。比如近在余杭仓前的太炎先生，虽然在读鲁迅时曾经遇到，却是进了北大之后才有机会读到他的著作，而其故居也是南归度暑假才去探访。郁达夫的情形也大体相似，他那极其清丽的文字也是在北方的严寒下首度读到，幸好当时海淀一带还多稻田池塘，有水汽氤氲。

我的工作和生活终日与书为伴，书的故事总有无数，但都没有这书的初忆那样鲜明，清爽又恬静的读书时分，是儿时最宝贵的时光；带来快乐的还有山水之趣，但带来世界和志向的悠远之思，唯有读书。在离开古镇负笈北京前的年月里，曾许多次进出那个墙门，随着革命的起伏，它变成了多家混居的杂院。不过，这令人肃静的图书室，清明的天井，却始终是与它不相干。每当我回想起这段光景，天之蓝，石板之青，阅读之静穆，仍然是触摸得到的。

2011 年 2 月 22 日改定于北京魏公村听风阁

发表于《文景》，2011 年第 3 期

杭州初冬四记

太子湾

应邀回杭州开会，时在十一月中旬，已是初冬的时令，仍如仲秋一般的气候，虽非天高气爽，却也温和宜人。令人最为欣喜的是，在街头和公园时而还闻得到桂花的迟香。

散会那天，约应奇去探访章太炎纪念馆。他虽然很有架势地说要看看明天的情形，第二天却很侠义地一早就摇摇晃晃地过来了，看来也不枉我称他为应侠。不过，应奇的任侠，主要是文字上的，好读书而喜臧否学人。他那些信手拈来的段子，时发突兀而起大笑的闲谈，虽然自称毒辣，春秋笔法，在今天其实也只属温柔敦厚。

从网上查得纪念馆坐落在南山路，应奇说他路过这一带时在太子湾公园附近见过纪念馆的匾牌，但从未进去参观过。我说，你竟然多次路过而不入室瞻仰，这是不敬。

南山路一带多名胜古迹，真正是游人如织——此次回乡，觉得杭州实在是太拥挤了。在车上一时无法寻得入口，我就说，既然如此，从太子湾进去也好。太子湾公园初开时，杭州大有人人争说太子湾之势，我却一直没有来过。

太子湾，旧时代的名字，却是一个新开的公园。从南山路边上的一条小径，过几座小桥进入湾内，熙熙攘攘的人流隔在了树木的后面，山水立刻就显露出清秀。流连处，是颇有水势的溪流，水中游鱼，溪底水草，都清澈可见，就如少年时光所见及的一般。那时杭州凡有山处皆有溪水，山村都是沿溪流逶迤展开的。不过，太子湾里的水是引钱塘江入西湖的明渠，分流而成几支——山河还在，却非依旧。

我对应奇说，若我在杭州教书，总要常来这里看书写作，有电脑原也方便得很。应奇先是不置可否，后来表示还是书房里安静。我想，他弄文之时大约是离不开他的那些藏书的，据说它们现在渐渐藏到地板上去了。话语不知如何转到中国哲学的题目上面，我随意讲起，现在一些做中国哲学的既不讲 philosophy，也不做 philology，也不知道写的是一些什么物事。应奇顺口说，他们既不讲玄学，也不讲朴学。一时他欣赏起自己的译法来——这原是很贴切的，颇为自得，难免手舞足蹈。

我说，朴学大师就在前头，到那里你再扬尘舞蹈。

张苍水墓

从太子湾向东，过了两三条溪水，见一甬道，两旁列有石羊、石马和石犬等石兽，这当是一处陵墓。走到甬道上，向前一望，见有三座大坟。再一定睛，中间大墓碑上书写着“皇清赐谥忠烈明兵部尚书苍水张公之墓”。一时肃穆，我们两人走上前去三鞠躬。

彼处树木参天，环绕墓园，甬道和墓地的石板上间有青苔，苍古之意，天成自在。此墓其实是上世纪八十年代按古制重修的。墓西北处有张苍水祠，也一样的清静和郑重。祠内左右墙上，有介绍张苍水生平的连环画。张苍水之名是早就知道的，其事迹的详情则并不太清楚。明末抗清，浙江最力，直至为无可为，浙人的节操和刚烈，于中透彻地表现了出来，而结局也最为惨烈。对明朝，我们总有一种五味杂陈的心情，欲说还休，休了复说。在今天，我们大致明白，那一段的历史和事件是需要分头来讲的，朝廷的腐败、狭隘和无能，与张苍水一辈的民族意识、气节和英勇，虽然风云际会在一起，形成那个时代的局面，但后者毕竟是有其一般的意义。

民族情感，国家情怀，原非一定是与一姓一朝挂在一起的。但在当时，非要让张苍水们有这样的认识，却也不容易。不过，并非没有先知先觉者。顾炎武有亡国与亡天下之说，这样的道理，在那个时代说出来，应有石破天惊的效果。然而，就如中国古代许多重要的思想，尤其是社会政治方面卓越而超前的想法一样，它没有充分地发挥展开出来，只留在直觉上，这既因为现实的局限，也缘于其他必要的思想资源的缺乏，比如体系性的哲学和科学思想。顾炎武尽管有如此洞见，却依然以明遗民自居，十谒明陵，国还是忘不了。

气节用现在的话来说，就是有原则，有自尊。它就如干净的空气和流水一样，在今天是很难见到了。章太炎希望身后能够与张苍水比邻而葬，其景仰之情，今人能够理解，然而其深层的思想因素，要讲清楚，是要费些思量的。无论如何，太炎先生最后安葬于此，为那一代的文化、风范和人格留了个见证，而让缅怀它们的后代有一个凭吊的去处。

有多少人已经感叹过，西湖四周，埋的不是英雄便是美女，或者如秋瑾一样，既是英雄亦是美女。身临其境，这般的老生常叹不免还是再发了一声；仔细再一想，西湖原本是由英雄之气作为其美丽的底色的。

章太炎纪念馆

太炎先生的墓就在张苍水墓东面几十步外，朴素而庄重。乍一见，“章太炎之墓”这几个篆字碑文，古朴苍劲，引人注目，想必出自非常人之手。果然，“章太炎之”这四个字集自太炎先生的亲笔。墓碑是用水泥做成，显然是后补而战，原碑应是石材，猜想它是在“文革”中被毁了。后来知道，不仅墓碑在“文革”中被毁坏，连太炎先生的骨殖也被挖出另葬了，墓园成了菜地。其实也无需多思，能够躲过“文革”浩劫的名胜古迹，在中国大陆只在几希。

由墓地而至纪念馆，我们便是从主厅的后门进入了纪念馆，这倒也好，直入主题，因为此厅展出的是太炎先生鼎盛年的主要事迹，重在他推翻满清、创建民国的活动。太炎先生的生平大要，还有故事轶闻，先前读过许多，但他的遗物和手迹，得睹的极少。记得大约近二十多年前，在同学张綮家里亲见过太炎先生的一幅篆字横幅，现在想起来还觉得好。这个纪念馆所多的正是这样的手迹和遗物。有一长条幅的篆体手迹，越看越苍古，便很有兴味地认读了一阵，原来就是“赠大将军巴县邹容”，是太炎先生为邹容所写的碑文原迹。原先见过身着吴服的太炎先生的照片，古风盎然，而绣有“汉”字的吴服就展出在这里，或许就是他照片中穿着的玄衣。汤国梨夫人的手迹也是首次见到，读其文字语气，态度独立而颇有女丈夫气概。

纪念馆是一座传统样式的院落，兼有南北风格，白墙黑瓦，疏朗有致。展室布置，物品陈列，一眼望去，多有醒目之处，细细看来，当是精心设计过的。内容并不繁杂，但太炎先生一生事迹的概要则相当清楚。参观纪念馆和博物馆，最令人喜欢和动情的就是实物和手迹，唯是它们才可以留下难以磨灭的印象。据介绍，此馆是今年为纪念辛亥革命一百周年重新装修和布展过的，可以想见，那些多媒体设备也是新装置的。访客因此可以随时调出太炎先生若干手迹、汤夫人手迹和其他手稿的照片，以及手稿的正楷文本，观看太炎先生事迹的影片。在学术厅正面墙上，太炎先生所书的篆书千字文在银幕上循环播出，我驻足看了良久，原来反复播放的只是前头的部分，觉得不满足，回京后，要将这篇千字文找出来，仔细观摩，因为那字写得实在好。于是与应奇说太炎先生的字，认为他的篆书，炉火纯青，古朴苍劲，力道十足，根基太深，人所难及；弘一法师的字很飘逸，笔法在若有若无之间，而在根底上，似不如太炎先生。

纪念馆环境的清幽，无可挑剔，免费开放，几面的门都敞开，访者可以随意从哪一个门进入。这一点就胜过北京的博物馆纪念馆——它们太过封闭，只留进出口，太过傲慢，却难免杂乱无章。

它也胜过欧洲的博物馆纪念馆，今夏在那里漫游，发觉它们一概要收钱，虽然管理还是很不错。只要做得认真，国人原来在许多方面是很可以超乎洋人之上的——这也就是太炎先生一辈民主革命前驱奋不顾身、大义凛然的一个动力。

人说此馆是海内收藏太炎先生文物最富的所在，颇为难得。今年二月老同学海仙陪我和谢蕾专程去仓前看太炎先生故居。在仓前衰败的老街中，修饰一新的太炎先生故居，特别醒目。房舍、居室、家具和用品复原得比较认真，但看来几乎没有什么原物了。三十多年前来访时，仓前老街虽然旧，却还有完整的往昔风貌，街前的河里，流水汤汤，啊，汤汤的流水——这竟然在江南水乡也成了难得的景象了。

探访太炎先生纪念馆的初衷，自然是对馆主的景仰和喜欢，也不乏要看看它与仓前的故居有什么不同、有何新意的想法。虽然专程而来，参观却是随兴所至，只择有趣味的内容看。这个纪念馆令人耳目一新，令人流连之处，在故居之上。来这里访问的，尤其没有什么高官，所以也就无法突出，这倒也成就了太炎先生身后“洁身”的愿望。不过，要完全脱俗也是不容易的。有一个全盘反对传统文化的人来访的照片还是挂在了墙上，这是馆中唯一令人不满意的地方。把与太炎先生如此不搭调的一个人放在这里，虽然与太炎先生无干，毕竟有损纪念馆的清名。

浙江辛亥革命纪念馆

应奇建议中午到杨公堤上的味庄吃饭，说它是杭州味道最好的店了。在服务员引导下，走过了好几个院落，我们才到座位上，一时感叹，竟然有这么大的餐馆，而应奇不惜破产要请客的豪情，让我有了不得不表达一下感动的冲动。这里的杭菜确实到位。饭后，应奇说到龙井山顶去看看，然后自寻归路，分头散去。这很合我的意，于是，我们便拦了一辆出租车上山。但那位安徽司机不愿意到山顶去，应奇强求，我则婉劝，勉强开到南天竺，他就死活不走了，执意停下，把我们放在了路边上。好在四周皆是青山，茶园、竹园和树林尽在身边，随意走去，也够惬意。未行多远，看到右手边有一片高大的树林竹丛，掩映着大门和依稀可见的建筑。到跟前一看，原来这里坐落着浙江辛亥革命纪念馆。

从门口望去，一块高高耸立的石碑和一组群雕，扑入眼帘。雕塑三人一组，约是汉白玉。右边一组前面的一位，分明就是秋瑾。其余的形象不熟，但应该是徐锡麟和陶成章等人，浙江著名的清末革命志士。抬首再看石碑，红色花岗岩的方形原碑，中间套了一圈浮雕，如有玉琮的意象。正面碑文是孙中山题写的“国魂不死”四个字，需仰首而观。

烈士的塑像，高而修长，肃穆之中有人世的亲切。绕着走了一圈，觉着这些雕塑原来是很耐看的，现代的气势，隐约有青铜岁月的韵味。

左后是纪念馆，内容也不繁杂，照片和文字居多，也有人所捐献的实物。眼下在网络上，民国时代的照片大量地发布出来，令人对那个时代有了更为全面、真切和直观的印象。这里所展出的照片，只是为了标明地点和人物，我们也就没有细细地看。

我边看边联想，浙江的人忠毅、刚烈和坚韧，在辛亥革命中，就如明末的抗清一样，都有虽千万人吾往矣的气概。他们虽然胸怀天下，却也很看重本邦的历史和先贤，比如太炎先生就很以张苍水、王阳明、于谦和黄宗羲等五位浙人为自己的榜样。

左边依山的是几座志士的坟墓，这应了青山有幸埋忠骨的老话。所谓的忠当然是忠于理想、国家和民族之忠；“国之忠魂”之忠，忠毅之忠，意义尽在于此。徐锡麟、陶成章、马宗汉、陈伯平、沈由智、杨哲商等烈士的墓在“文革”中都遭毁坏，草葬各处的骨殖于一九八一年迁到现址，浙军攻克金陵阵亡将士遗骸也从孤山迁葬到这里，形成了辛亥烈士的墓葬群。风篁岭下的南天竺原演福寺的遗址上，就聚居了这些至今难以安息的英灵。纪念碑和群雕是一九九一年所建，纪念馆于一九九七年正式落成。

与太炎先生纪念馆不同，这里的参观者络绎不绝，有集体来访的，看似学校的学生。我问应奇，不知他们是否认识到，辛亥革命的目标依旧尚未实现？应奇说，这要看他们的辛亥革命的观念是什么了，他们大约是被组织来的。

2011 年 11 月 13 日草于杭州，21 日写定于北京听风阁

发表于《读书》，2012 年第 5 期

秋色散思

一

北大的春天短促而匆忙，秋天则优游漫长，足够你在湖边林间追悔你过去的事情，抒发无尽的惆怅。

燕园有许多银杏树，一年一度的仲秋之末就是它的节日。

秋天就是那一树金色杏叶越不忍它飘落，它就越袅袅婷婷落得个满天世界，一地爱怜，收拾不起。

二

秋天在北京，你要去爬爬山，登登长城；至少也要到山脚下走一走，看看红叶。北京秋天的山色，实在是胜过春天无数。一碧长天之下的五彩秋叶，是很凝重的斑斓，斑斓得让你发觉原来生活的色彩是如此丰富的，你一定错过了什么。

在山涧中行进，抬头时见片片红栌叶，叶蒂被天色过滤了，叶子就像悬在空中一般。这里柏树特别青翠，有山雨的淋洗，又少城市的污染。在北京城里，柏树也好，松树也好，总是落有一层浮尘，有如帝都的气氛。山中红得最醒目的还属黄栌，也有少数几枝榉树。不知为什么，北京少枫树；枫树的鲜艳，仿佛是历经千万年而形成，高贵，也精致。黄栌则是大众化的。

三

登上云湖度假村内山顶的观景塔顶层，俯视密云水库，眼下的所见是几处不连贯的水面，而从黄色的水线可以想见烟波浩渺的景象。站在窗边，吹着水库方向来的晚风，领受北京气象雄浑的群山，而水为之注入了灵动的气韵。

黑龙潭在密云水库附近，是一条长长的山涧里的一个深潭。这条山涧也由此被称作黑龙潭了。涧水有几公里长，上下有若干个潭，依山傍水修筑起来的栈道和山路，可供游人看水望山。正是秋末时分，水势不大，但清澈见底。水下潭时，流水激起水花，有如雪珠飞溅。这是我在北京所见到过的水势最大的一条溪水。

北方缺水，这三十多年越来越甚。北京除了人工河道，也只剩下了季节河，常年河是绝迹了。看到这样一条到秋天还在潺潺流动的涧溪，如何不叫人欢喜满心！脱掉鞋袜，走入水里，清凉激人，看看山，看看同行的人。

四

在北京北面几个区县行进，从山间公路抬首上眺，不时会看到蜿蜒在山脊上的长城。每次见及，总会思想，修在这么陡峭山峰上的长城，真有防御功能吗？我不了解古代的军事知识，但知道它能够防御北方游牧民族的小股骚扰，却不能够抵挡大军。长城只是修到了明朝，除了个别关口，清朝不再修长城。康熙“不修边墙”的决断，是因为长城之外，已在疆域之内。他们也知道，长城是挡不住立志要入主中原的大军的。

修长城一类的防御工事，也并非中国人的特长，罗马人也修过类似的东西以防御蛮族，但罗马最终还是灭在了蛮族手下，不是城墙不够森严，而是罗马的人心已散。法国人到了现代还修过马其诺防线，但现代战争说明，这类东西已经过时了。

现在的长城多数是残破的，绝大多数地方还在继续破败下去。虽然人们不断地呼吁保护长城，但看来没有多大的作用。去年登古北口古长城，买了门票进去，亲见古长城砖块崩落，还有新坍圮的现场，却无维修的迹象。念及这一点，虽然痛心疾首了好一阵，却也想不出更好的办法，所谓无奈，就是这样的心境。在今天的中国生活，无奈是一种日常状态。

五

北京的秋天，向来是一年中最好的光景，称为金秋，万里长空，一碧如洗，高爽宜人。但是，今年从十月下旬到十一月上旬却一直是阴天，阴天雾霾，烦人得很。对空气我向来很敏感，那几天闻到的空气味道，实在是糟糕透顶。更烦人的是，北京气象局还与美国大使馆就北京天气打起嘴仗。北京气象局的套路就是，我说轻微污染就是轻微污染，你们忍受危险的污染则是你们的事，百姓也奈何不得。官的和亲官的人私下会说，在中国哪能不污染，不喜欢可以走。中国好像就是他们的，他们要怎么样，就要怎么样，而他人要怎么样，就得滚蛋。公开的场合，则就行“被”字法。在日常生活里，我们亲身的经验，与“被”状态之间的差距，一如既往地遥远。只是现在有了更多的参照，造“被”者虽然脸皮厚如旧，但技术上却也越来越困难。今年，北京确实只有一个多污染的秋天。

到了十一月八日，总算有了一线阳光，高兴了一阵，然而，很快它就又消失了。今年北京的秋天就这样在烟霾里过去了。或许人们有一天会唱，城里的秋天，不再阳光。

六

秋末冬初到杭州开会，补上了北京未享受到的和煦阳光。

茶地中央建有两三个茶亭，一条覆以绿色地毯的木板路，茶客可以到龙井茶树近前坐下凭树喝茶。这并不怎么张扬，却是茶座的极致了，也亏得杭州人能想出这样的办法来。

十四日中午与几位中学同学小聚之后，振华说到一个蛮好的地方去喝茶，原来竟是这样的佳处，而我坐着也就不想起身了。我下乡时也做过茶农，当年歇息时也曾在茶地上喝茶就食，但那是席地而坐，或坐在铁耙或锄头的柄上。后来也曾到龙坞、梅家坞农家面对茶地聊天吃饭，但总是没有这样的别出心裁。

已是初冬，但山岙里依然温和，树木郁郁苍苍，间有一些黄色，与北京此时的山色迥然有异。茶树也是稍深的青色。与振华、罗琳和海仙对坐，汉传密宗，家常故事，杭州饮食，随兴谈来，总在亲切熟悉的人物和事情上流转。龙井三开两换，清谈半天。有冬岚，天就不高，山近在左右两侧，虽不是触手可及，却是抬脚就可登的。临别觉得余兴未尽，坐得不够，振华相约明年再来。

2011 年 11 月 21 日写定于北京听风阁

铜锣湾小住记

一

香港虽然来过几次，每回都是匆匆来去，从来不曾想过，在它的繁华中心之地，自己会小住一阵子。这一住不要紧，忙碌的日常生活，每天要在这闹市中走来走去，看着这花锦世界，不免生发想法，随时记下，则有了这篇文字。

奇怪的是，在这滚滚红尘之中，大隐隐于市这句老话却常常浮现在脑海之中，“市”到这种境地，大约无以复加了，而隐者于此如何安身？古今的道理当是相通的，其中的微妙则要稍微动一动脑筋才能想透。诚然，我不会隐居于此地，但念头则可以一国两制。隐的念头，为这闹中取静的小住，忙为偷闲的生活，抹了一线思古的幽色。

《庄子》第一篇说，“举世而誉之而不加劝，举世而非之而不加沮”，后人以为这是指逍遥游。倘若“至人无己，神人无功，圣人无名”是一种至境，隐于市是否也就该不亦乐乎？

生活在香港是立体的，在不同时间、不同地点，不同的香港人活动在不同的维度和高度。从地下室到耸至天空的高楼，从海底到山顶。去过世界许多地方，总没有见过像香港人这样的做法，把高楼一栋一栋排成行竖起来，遮云蔽月，把自己置于半空里。

在铜锣湾步行也好，车行也好，就是穿行于光鲜的楼森宇林之间，确确实实，而不容有其他的念头。楼外皆街，街边是楼。一次，在山顶峰景餐厅向维多利亚湾彼岸左前方远处望去，见一排高大的建筑物立在山丘之上，在灼人的夏日下闪着光亮，便问友人，那是什么？心里其实想问的是，香港怎么还有一道城墙？友人说，那是沙田地方建在山上的楼屋。香港人亦生活在山峰与青天之间，上穷碧落，下临大海。

人群熙熙攘攘，在这片楼林里面四面八方地流动，早晨上班和晚上华灯初起的时分，还有周日，几近于摩肩接踵。这是铜锣湾的景象，日常生活竟可以周行到如此壮阔，却又庸常到如此琐屑。归根结底，无非吃穿用行，还有爱情和娱乐。第一次身临其境，你得驻足想一想，凝神想一想，用白话自问：有冇搞错啊？

在这里，即便深夜凌晨，依然有隆隆的车声。密封的窗户也隔不断这个城市的律动。我是极喜欢安静的人，尤其睡觉时听不得声音，容易吵醒。但入乡随俗，习惯了，也就可以安然入睡了。不过，我依然不喜欢这样的声音。

铜锣湾没有作息表，一天二十四小时，这里总是有行色匆匆的人。早晨，中午，晚上，或深夜，行走在这里的只是人等的各色，疏密的差异。早晨，上班族从这里走过，送货者从这里走过，老人从这里缓缓走过，中学生模样的人，穿着民国时代湖蓝半短旗袍的女生，或穿着西式校服的男生，背着书包从这里走过。这么早来街市的，少有旅游者，但有我这个观察者。傍晚，人们聚集在一起流动。它就是消费社会。有人大声谴责，却纵情享受。

这里，街道虽然并不华丽宽大，楼宇有些也相当陈旧，不过，基本上干净利落。街上不能说没有垃圾，但只是偶尔见及。星期天是香港菲佣印尼佣的休息日，满街都是她们的身影。节俭的菲佣或印尼佣姑娘，在街头不碍人行的角落，甚至就在过街天桥的梯阶之下，铺一块塑料布，围坐聊天，分享各自带来的食物，离开时带走所有垃圾，不留下任何废弃物，干干净净。为什么她们能够这样做？联想到天安门广场升旗仪式之后留下的成吨垃圾，这确实不是轻而易举的事。

我想，一切皆在秩序，人人遵守同样的规则，没有例外。所谓法治社会，是指所有人在法律面前一视同仁。

在这人潮滚滚的都市里，大家以自己的步伐，向着自己的目标来去，虽然拥挤，却可以自在。等公车，人在排队，等出租车，人在排队，上电梯，人在排队。没有见过人在吵架。

香港的街道，相比于北京的，太过狭窄，仿佛一步就可以跨过去的。在白天，铜锣湾怡和街上的公车一辆接着一辆，仿佛火车一般，有时堵车，但道路是通的，整个车流还在移动，只是行进得缓慢。北京的堵车，各色车辆像一堆胡乱摆放在一起的积木，毫无头绪，公路再宽广，亦有如肠梗阻，动弹不得。不是北京的路少，而是规则和管理的不合理，人们也不太愿意讲规矩。

铜锣湾不仅街道狭窄，人行道也狭窄，有些还稍显拥挤，然而，人行道始终畅通的，并不会突然中断，被店家占了，或被车占了。即便熙攘，即便拥挤，你总可以沿着它一直走下去，把这繁华的都市走个遍。在北京，这样的便利很难得。人行道北京当然有，有时还宽广得像个广场，华丽得像个公园。不过，要一直走下去，却是不可能的。在二里、三里内，总会遇到阻路的汽车、断路的台阶、挡路的天桥和地铁出口处，或水花四溅的洗车店。虽然你总能过去，但要冒着危险走到公路、自行车道上去，或者从障碍物的空当中迂回，一路小心翼翼。

在柏林小住时，最喜欢的是柏林城中有森林，森林中有城市；也喜欢在城中到处漫步，人行道通向城市的任何一个公共角落，整洁，方便，畅通，你总可以自在地走，不会有障碍物。北京的人行道，五十年之后，或许会畅通无碍，甚至比这更好，目前你所能做的只是尽情想象。

二

那么多内地人和世界各地的人，每天汇集至铜锣湾这个狭窄之地，不是来散步，是来购物的。香港的东西并没有传说中的那么便宜，但大体货真价实。这么简单的事情，陆客为何要蜂拥到此来办理？

海峡两岸和香港的人聚在一起，生活习惯、亲属观念、宗教信仰、鬼神崇拜甚至审美情趣，大体是相通相同的，这是所谓的民族共通感。但是，一旦涉及秩序，差异立刻就显现出来。一个民族，多种制度，缺乏秩序的共识。

内地也有秩序，有全国统一的法律。不过，权贵有自己的潜规则。让人手足无措的是，权贵规则不仅是潜的，还有各种等级和层次。它们之间就生成了复杂的关系，而后者与公开法律之间，就盘根错节到了百姓难以辨认的程度，以至于使秩序和规则消失于触目皆是的冲突之中。而世界大势却是，百姓越来越认同对所有人一视同仁的法治和秩序。

香港人在香港是遵守法律和秩序的。这不等于到了别个社会，他们都会同样行事。一些香港人到了内地，就入乡随俗，同样地不守秩序和规范。香港影星在内地可以为伪劣产品站台，做虚假广告，但在香港或者其他法治社会，他们不敢。奉行双重标准的，当然不限于一些香港人，还有一些欧洲人和美国人。

不过，内地有人却据此认为，那里的法治和秩序也是虚伪的，并且还主张，中国社会不需要这样的法治和秩序。有人简单地认为，法治和秩序，是香港的、美国的、欧洲的和日本的，又因为香港曾是殖民地，日本侵略过中国，美国和欧洲是敌对势力的主要来源地，所以中国不要。这些人的言论有时大得把天都吹黄了。不过，大家希望的始终是青天。

一位强世界主义者，会要求法治和秩序施行到所有社会，在任何时候都坚持同一套规则；一位弱世界主义者，虽然有那样的要求，却不会那么坚持，不免要入乡随俗。在这里，偶尔会遇到对大陆口音的冷眼和不耐烦，也有年轻人列队对着陆客歌唱：大陆人是蝗虫。其实，他们的父母或更早一辈许多也是像蝗虫一样飞过来的。

我不清楚，香港人多数是强世界主义者，还是弱世界主义者，不过，他们却很在意自己社会的秩序和法治。在香港小住期间，发生了几件不小的事情。立法会选举，街上贴出不少大型选举广告，也有人在街上演讲，但不如台湾那样热闹，淡淡的。香港也有些其他游行和集会，声势要大得多，持续时间也长，虽然政府总部离铜锣湾不远，但在铜锣湾没有看到什么影响。抗议者是为了维护他们的生活方式，思想自由和诚实，法治和秩序；保卫选择自己生活方式的权利。这种生活方式就是畅通的人行道，就是每天安全的食品。

铜锣湾地铁站出口正对着一块电视屏幕，有几天时间，反复播放内地热火朝天的反日游行，在西安成都等地勇敢地保卫钓鱼岛。一些人拿国人出气，砸国人的车，破坏国内的秩序。我不想说，这些人是懦夫。只是觉得，一百多年来的传统是否可以改一下？反美、反日以及反对一切“敌对势力”，不要专拿中国人开刀。

写到这里，我打开庾子山的《哀江南赋》。读到“虽借人之外力，实萧墙之内起”，“不有所废，其何以昌”两句，以为是可以望文而生义的，只是觉得“天何为此而醉？”问得很沉痛，但在今天却显得力道不够。

三

住在铜锣湾，香港人会认为你多半是为了美食，因为他们来这里嬉戏，多半也是为了吃喝。不用提孔夫子的名言，美食在前而不知品尝，总是过意不去的。

香港的饮食，好吃、卫生、价格中平。一些上了指南或手册的馆子，原也位于相当普通的楼房之中，店面甚至显得陈旧，但有自己的特色。甚至于路边店，也能亮出自己的拿手品色。蛇王二名声不小，虽然在铜锣湾波斯富街上挂有一块硕大的招牌，却只有一个小小的店面，但它的烧腊和粉面，各种自制香肠，香色风味很特别，看起来与闻起来，比吃起来还有味道。有一家名叫黑王（豚王）的日本拉面店，局促于一条偏僻的小街，店面狭窄，只二十多个座位，门口总是排着长队。去过一次，看看要排一个多小时，我们就放弃了。店家一天只做三百碗，卖罄就打烊。品质始终如一，价钱也合理，所以人们慕名而来。倘若它扩大店面，增加销售量，提高价钱，长长的排队就会消失。哦，商业原是可以很有个性的。

个性而大众的馆子，北京很少。北京餐饮现在似有两个趋势，一是连锁，二是奢华。连锁固然没有特色，奢华同样也缺乏美味。价钱可以高下悬殊，味道却如难兄难弟。人们拼房间豪华、服务阵势、价格高昂和国外品牌。经典豪举就是大杯灌拉菲。社会风潮如此，建筑也是例子；外观结构极其宏大，内在设施常常不良于用，新楼甫成，破旧况味会接踵而至。亦有如左派的宏大叙事，篇幅堂皇，如要考察细节，原是支离破碎的。

渣甸街上有一家上海香港面家，名字很大，店面却极普通。它的咸豆浆和粢饭团，浓厚的传统味。少时，杭州一带饮食店的咸豆浆，三分钱一碗；碗里放上酱油、虾皮和葱花，滚烫的豆浆一冲，即刻就冲出了豆花。在久违几十年之后，竟然在香港尝到了记忆深处的这味道，很感慨——这些东西在我们身边被迫消失，却在这个繁华都市的中心坚持了下来。

香港食品超市里面的食品食材，来自世界各地，多样且地道。

最多的是日本食物，尤其是生鱼片，相当新鲜，这是我最爱。不过，日本超市，大约也没有香港的世界化。香港是美食家的世界。所有食品中，最为紧俏的就是婴儿奶粉，卖的都是外国货，买的都是内地客。若干款奶粉，经常卖到缺货。令人放心的奶粉，是法治下自由经济的标杆。

四

最早成篇文字的载体不是书，是泥版或石头，上面刻的是楔形文字；是龟甲和牛骨，上面刻的是甲骨文；是纸莎草，上面写是古埃及象形文字。后来，中国用了竹简。香港想必有不少竹简，但可能没有楔形文字的泥版或石块。

第一次到香港时想逛书店，有人告诉我，香港书店很少，难找。找人求证，结论也一样。当时有点想不通的是，难道书店比大学还少？不过，那时香港的书实在太贵，加之对内幕一类的书没有特别的兴趣，我也就不再费心。以后到香港也不再关心书店。

这回到铜锣湾小住，见香港商务印书馆就在隔壁，有意外之喜。门外游人如织，一入门内，则立时清幽起来，书香淡淡。商务这家店有上下四层，整洁雅致，书的摆放也透着讲究。它一下子就打破我多年陈旧的印象。书有陆版、台版和港版的，还有外文原籍，书的各色品种也很齐全。在街对面的分店出售教科书和文具用品。后来得知，商务印书馆在港澳地区有二十二家门店，真的很不少。

从商务印书馆往西几十米就是崇光百货，每天人潮涌动，或为物来，或因食往。它北面的骆克道上，有一块硕大的“铜锣湾书店”的牌子，正与这地标商场分庭抗礼。书店在二层。楼梯狭窄陈旧，满是招贴，进得店面，只见几排书架扑面而来，书摆放得略显凌乱，愈显逼仄。书的种类多样，有如香港电影，每一部都包含了各种元素。高雅的有钱钟书三联版文集，俗世的有波斯的性书，热门的有各种政治内幕。这就是香港的二楼书店。

在香港这地面上，二楼书店是很让人起敬的。在这繁华到无以复加的街市，它们就是那沉稳的精神底色。我想，初到香港时它们应当就是有的，只是那时人们不甚清楚，或者现今香港读书的人多了。二楼书店或许一直就是这样的，它保持了本色，变化的只是外面的世界。在这里，我买了一套牛津版本的董桥，只是因为装帧典雅。

在希慎广场，我偶然撞见了诚品书店，有点兴奋。它占了八层至十层的三层楼。这是诚品的第一家海外分店。我专门选了一个时间宽余的晚上细细重逛。偌大的市场，繁体书占大多数。台湾的诚品是有简体书专柜的，此间则没有看到，就如铜锣湾书店一样。自一九八九年之后，逛书店，我通常只看哲学、历史、法律和政治类的。看过大观，我就只在外文原版书前徜徉了。这里西方哲学的英文书相当多，单单法国哲学就有大半个架子，有福柯、德里达、萨特、让·波德里亚（Jean Baudrillard）、保罗·利科、卡斯托里亚迪斯（Cornelius Castoriadis）、德勒兹（Gilles Deleuze）。最后，我买了一册福山的《政治秩序的起源》，因为过几天他要到北大来讲演和座谈，而我一向认为他的历史终结论是武断的。

说诚品是书店，其实不够，它也是品味、见识、立场和生活态度。那天晚上刚好有一个讲座，主题约是城市设计，听众满座。突然想到，建筑设计就是书的设计，城市设计就是书店的设计。内地图书设计大有进步，但书店设计，就如城市设计一样，似无长进，就如不错的楼房，随便堆放在那里，观瞻也不协调，交通也不方便。

觉得这里当有咖啡馆，果然见到，踱进去喝了一杯大约香港最贵的咖啡。咖啡的味道也就一般，但从安静而客人稀少的厅堂望出去，看着店堂里熙熙的人群，倒也顿时生起一份仿佛悠久的闲情。

诚品让人喜欢，每次到台湾，总要到那里一转，即便不买书，闻一闻书香也是好的。不知北京何时会有诚品？诚然，要是没有外文原版书，没有台港原版书，那还是暂时阙如的好。好的书店，总也要生长在自由和开放的空气里。

北京出不了诚品这样的书店，香港也一样。海淀镇上原有一家规模巨大的第三极书店，虽然到不了诚品的品位，也开了北京的风气之先，但挣扎了几年，终于书去人空。想起上世纪八十年代初刚到北京，王府井、西单有北京最好的书店，尤其是西单和灯市东口的旧书店，尚有民国外文书的遗存，也是个人们留恋的去处。今天，这些也就只在记忆中飘荡了。

时代广场里面也有一个书店，只有 Page One 这个名称，没见有中文名。香港纯英文名的大楼、商店、银行、旅馆等，实在是太多了，这殖民地的遗存，也是多元化的表现。

香港的书店现在算起来还真是不少，大概有八十多家。先前，香港的书香多是从外面飘来的，现在，它也渐渐生发于本地的草木了。这个城市应当有自己的文气。

五

在遮天蔽日的楼林之外，香港还有不错的山水。山是青山，水是大海。

其实香港的多数地方还没有开发。对喜欢爬山的我来说，友人告诉说，香港已经修好的山间步道就有一百多公里。即使在香港本岛，也有山上步道，可以供人行走。前年底来港时，曾与同事夜登港岛山顶，领略过郊野步道的夜色。不过，爬山的条件虽好，来爬山的人实在不多。虽然多数人愿意逛街购物消遣，但这些山地、森林、草地等的存在，以及良好的保护，同样是城市的品质和品位，是人性的体现。

香港的山和海，是很壮丽的。内地不仅有，还精彩、壮丽得多，但保护却是一个大问题。新界一带有许多地区还保持乡村原野的风貌，不仅有森林，还有大片的草地，政府修建的露营地。这些都是听人说的或读来的知识，下次再来要实地领略一二。

这是一个治理良好的地方，不过，对我自己来说，香港不是适合长久居住的地方。到这里来的先驱，除了土著，多数是移民。那些对着大陆人唱蝗虫歌的青年，他们的先辈也是这样飞来的。他们可以有气，但确实也过于简单。中央政府关照他们远胜于关照自己内地的子民。他们的祖辈可以偷渡闯关来到香港，并养育出他们这些骄傲的香港人。为什么现在的内地人就不可以过来看一眼？诚然，他们的先辈是以脚投票，现在的人应当争取用手投票，而不是嚣张、无知又可怜地在世界各地被人笑骂。

中国，这块土地，是我们的父母之邦，尧之壤，舜之都，禹之封，既不能拱手让人，也不能让人肆意糟蹋。

我突然冒出一个仿佛不相干的念头：中国已具备了成为伟大壮阔现代国家的一切条件，所缺的就是个人权利的普遍性。

2012 年 9 月 1 日草于香港铜锣湾寓所

2012 年 12 月 7 日修改于北京圆明园东听风阁

发表于《读书》，2013 年第 2 期

斗酒纵横天下事

——杨一之先生百年纪念

坐在书桌前写着缅怀的文字，我努力追忆先生当年的事迹和言谈，不免后悔那时的不求甚解，不好追问；多少事情，多少话语，成了一节又一节不连贯的断章；虽然单单这些，先生的经历，与夫交往过的人物，就已丰富多姿，可谓中国现代历史精彩的一页。我还想透过这些，透过记忆中先生炯炯的眼神和聪慧的笑容，瞥见那一代人复杂的精神世界的深度。

先生学术以外的事迹，多数是从他人那里听得的，师母冯静也告诉了我一些。他自己所谈的只是故事和人物，有动人的细节。比如在希特勒的狱中，狱卒混用Sie（您）和du（你），先生斥责他们粗鲁无礼。狱卒这个词是先生的原话，吾辈口语中很少用。这是我们这一代学人与先生一代的区别。

从筹划这篇纪念文字之时起，我便注意搜集有关的文献，陆陆续续在草稿中增加了不少资料，断章之间渐渐浮现出了一些关联。在决计最终完成这篇文字时，我又从图书馆和网络上查到了更多的材料。先生的生平大端形成了连贯的线索。经过了二十多年，一些原本逐渐模糊的印象，在这些文字的激发下，却又重新清晰起来，而另一些却随风飘散，不可追忆了。

一

先生晚年是以学术安身立命的。

“文革”前后，先生译出黑格尔《逻辑学》，名满天下。那个时代，学术是意识形态的婢女，甚或奴隶，学术水平的真正体现也只在翻译和校注一途。缘于马克思主义，黑格尔在中国占有无比尊荣的地位。许多原本以思想和研究见长的哲学家和学者也只能以迻译做生涯了。康德和黑格尔是先生的主要研究领域，过世后由师母编辑的《康德黑格尔哲学讲稿》可见其雪泥鸿爪。即便有明显的时代烙印，这些篇章依然体现了先生的风格，犀利、独到，不时灵光闪现。

先生所校对的叔本华名著《作为意志和表象的世界》，文字流畅优雅，亦属经典。其实，先生于法国哲学有很深的造诣——只是问世的文字不多，对古代的和现代的西方哲学也有深厚的知识。

上世纪七、八十年代，西方哲学领域的学术团体、丛书、会议或其他相关的事情如有顾问一职，先生通常也就是那三、四人中的一位。顾问虽是虚职，但在当年还是很有权威性的。那时在西方哲学圈子里，有许多先生的传说，形形色色，或传奇，或传讹。比如，人们乐道，论法语，先生第一；但又有人说先生的德语也是第一；盖缘当时即便学者之中，精通西方语言的也是极少数。

先生的学术研究其实远不止于哲学，从政治、历史到物理学，从逻辑、文学、语言到军事，都在他的视野和兴趣之内。这一点是很为人佩服的。二十世纪三十年代，二十多岁时，先生就翻译了普朗克的《物理认识之途径》，一九三七年收入商务印书馆的万有文库。

从国家图书馆查得，先生还翻译了德国人肖尔兹的《简明逻辑史》（商务印书馆，1977 年），法国人艾麦吕耶的《希腊音乐史·第一部中古时期（希腊-罗马）》（中央音乐学院民族音乐研究所，1957 年）。先生对逻辑学的知识，我是领教过的，它大约也是翻译《逻辑学》的一项辅助研究；先生的音乐知识，我却未曾听他说过。知识和兴趣的博大，或许源自德国大学的教育，在那里先生学习过数学和物理。先生的影响，是远在哲学领域之外的。上世纪八十年代中期，包遵信在一篇文章的开头说："记得五年前的一次座谈会上，杨一之先生曾有一个发言，说中国历史上有那么多的文章高手，却没有一本讲文法的书；有那么多的思想大家，却没有一本讲逻辑的书。"[①] 现在中国虽然有了不少讲文法和逻辑的书，但文法和逻辑本身还是没有多少人讲究的，人们更愿意讲的是张载的四句禅，因为那可以过瘾。

先生少年成名，天赋和才气之高，是不必说，眼光和品味之高，却不得不说。在二十几岁所发表的文章中，就已经崭露出对国际形势很到位的大局观。先生曾经写过一篇"歼灭战在今日"，军事分析头头是道，归国之后更有从军的意向。先生佩服诸葛亮，

---

① 包遵信："《墨辩》的沉沦和《名理探》的翻译"，《读书》1986 年 1 期。

曾对我多次说起；我想，先生的想从军大约也在于运筹帷幄。上世纪六十年代先生被请去指导克劳塞维茨《战争论》的翻译，就是缘于先生的军事理论的造诣。

知识和兴趣虽然广博，先生的专业知识却属精深，工作出色。黑格尔著作和德国哲学的迻译，至今学界依然意见纷纭。《逻辑学》的难译，出于多重原因。它是本体论、认识论和逻辑三位一体的体系，黑格尔把哲学史上重要的哲学概念都纳入其中，因此，好的翻译需要建立一个西方哲学概念的统一体系。黑格尔哲学极其思辨和抽象，整个体系又彼此呼应，但他又是语言大师，语言简练却意义复杂，一个词语常兼用其多个义项，乃至相反的义项。译者既要有把握体系的思辨能力，也要能够以同样简练、思辨而多义的文字来表达其思想，于是，汉语功夫就成了必不可少的条件。《逻辑学》译本的汉语辞简义赅、准确而典雅，始终是汉语哲学翻译的典范，难以超越。

当今中国，汉语教育和素养日趋薄弱，经典学术翻译亦遭受池鱼之殃。不少翻译，对外文原意或许还相当考究，汉语能力却贫弱得捉襟见肘，不足以表达原著的思想和风格。叶秀山先生近年说："杨一之老师在中国的诗书典籍方面家学渊远，他翻译的黑格尔《大逻辑》，过去觉得文字古老不太好懂，现在读起来典雅而又准确。"[①] 这样的中肯之言，在先生过世多年之后，令人感受到它格外醇厚的芬芳。先生一代的翻译，许多成为经典，除了其他，

① 叶秀山："德国古典哲学对中国哲学研究的意义"，载于 http://wen.org.cn/modules/article/trackback.php/1310。

深厚的汉语功底就是重要的条件。

先生的学术论文亦写得雍容典雅，与其翻译一样，给我的启迪是极大的：哲学文章原也可以写出文采，枯涩和灰暗并非哲学表达的本色。《实践理性批判》出版之后，有人问我经验。我说，每天动手之前，先读一阵唐宋及以前的古文，以荡涤时文所留下的不良印记，犹如语言的沐浴焚香；这无非也是一补吾辈古典语言训练的不足而已。其实，汉语思想和文字的修养，是国人研究、翻译和诠释西方哲学和思想必不可少的基础。

在学术上独树一帜，除了知识根基，尚需勇气。在那个时代，马克思恩格斯著作的翻译既是最高的学术工作，也是最大的政治任务。可笑的是，当时所有马恩著作都要从俄文翻译。有一段时间，似乎也有从德文翻译的计划。先生在一九五六、五七年间接受任务，翻译马克思的《福格特先生》。这部花费了先生许多心思的译著，最后没有编进官方的全集，而以单行本出版。先生的一句“几经周折”[①] 道尽了其中的曲折。译文风格独特，与官方品味格格不入，以及从德文直译的更加准确的表达，或许都是原因。

然而，由于俄文版的根本缺陷，马恩著作的翻译常常也要求教和救助于精通德语的专家，先生在这方面尤其有权威性。第一版马恩全集第三卷是马恩早年的主要著作《德意志意识形态》，译后记中有一段话说：“本卷在译校过程中，承蒙中国科学院哲学研究所杨一之同志帮助我们从德文校阅了‘费尔巴哈’部分，北京大学郑昕、熊伟、芮沐、宗白华和洪谦等同志从德文校阅了‘圣

① 杨一之:《理想的追求》，第 7 页。

麦克斯’部分，给译文提了许多宝贵的意见，谨向他们表示衷心的感谢。”多少年后我访问柏林-勃兰登堡科学院的 Mega（马克思恩格斯全集）编辑所，其负责人告诉说，当时由苏联主持的马恩全集编辑有一个规定，马恩全集的规模不能超过列宁全集。由此而想到，在中国曾经也有一段时间，大学西方哲学等课程只能由苏联专家讲授，而中国教授一概被褫夺了上讲台的权利。

那一代人的雄心，那一代精英的精神气概，与西方原本是平行的。虽然历经社会动荡，但不少人依然怀有极高的学术理想。先生曾几次说到，中国德国哲学总要有这样一天，那时外国学者非读中国人的成果不可。这使我想到陈康先生的理想，有一天研究古希腊哲学的外国人要以不懂汉语为憾。先生晚年还有撰写一部黑格尔研究的设想，可惜英雄暮年，终于没有完成。

今天，伟大的口号响遏行云，但是，精神的勇气、自信和节操是否在多年多重的禁锢和打击之后，真正恢复了起来？这其实是大可怀疑的。

二

先生的往来鸿儒，当时很让吾辈感佩。当我们青少年时，交游是陌生的东西，不易而且有限。少年时读鲁迅，看到民国时代的人可以到处跑来跑去读书、教书、移居、办杂志和聚会，留洋就学，与各色各样的人物交游，觉得很好，因为这些于我们有如幻想。中国人那时被分成各种各样的类，许多类的人是不许接触的。至于远游，除了看到兄姊辈被迫到黑龙江等边疆省份下乡务农之外，旅行是受到严格限制的。记得“文革”中后期，每当腊月，总有一些邻省的农民成群过来乞讨，他们是身携证明的，有时还由大队书记带队。

先生的交游可分学界和政界两派。政界朋友大多渊源于他在欧洲参加法共和德共的经历。学界友人遍布各个领域，多数名重一时，现在亦属大师了，如俞平伯和夏鼐等。那时我竟然没有什么意向去拜访这些前辈，错过了领略那个时代风采的机会。

人是交往的动物，而交游在中国士大夫生活中尤有重要的地位，所谓高山流水，悬剑空垅，兰亭雅集，都是这样的意思。“醉里挑灯看剑”的辛稼轩晚年觉得自己衰老之甚，乃是因为交游零落。古人说，“观其交游，则其贤不肖可察也。”[①] 纯粹的友谊虽然稀有，却正是人生的一件大事。

先生与夏鼐之间的交往，在夏先生的日记里多有记载。他们友谊持久，往来经常。或是先生到夏先生家探访，或是夏先生到先生家去聊天。两位先生都是博学的人，兴味相对，很谈得起来。夏天，他们摇着蒲扇坐在阳台上谈天说地，时或朗声大笑，正是说到高兴之时。那个年月往访朋友，径直去敲门就是，不必电话预约，所以就常有往访不值的情形。更有意思的是，想念，交流信息——在封闭的年代，朋友是信息的重要来源——或纯粹谈天，都是往访的理由。所以，在日记中，夏先生多数只简记先生的到访和他自己的往访，很少说及具体的内容。他们就住在同一个院子，一栋楼，虽不在一个单元，平时下楼取报纸、信件和牛奶常

① 《管子·权修》。

能遇上。到家里聊天，是礼节，也是人世的亲切。所以他们的彼此过访，新年尤其讲究，两家要相互拜年。

一九七七年二月二十日，夏历正月初三，晚间夏先生到先生家贺年，先生告诉徐懋庸去世的消息，并谈到他与鲁迅的纠葛。夏先生的日记没有评价，但对先生所述内容记得相对详细，特别提到徐懋庸给鲁迅写的挽联，与原联也只一字之差。徐懋庸是一九四九年之后造就的无数悲剧文人中的一位，这个我略知一二。所不知的是，徐懋庸也是先生的朋友，在他被打成右派之后，先生依然与其往来唱和，这样的节操在那时是非常不易的。

我几次听先生谈及他与俞平伯的过往，在俞先生偶然有事和外出才记的日记里，也几次提到先生。他们的友谊更为久长和密切。上世纪三十年代中期，他们与其他朋友就一起自己掏钱办了《旬论》杂志，以发表对时事的看法。我自初中起就好读《红楼梦》，因《红楼梦》研究而成为反面人物的俞平伯，自然也晓得。但是，有一事到现在还让我疑惑。先生对《红楼梦》评价不高，对其中的诗词甚至有点不屑——我却很喜欢，因此不怎么敢在先生面前说，而俞先生则是红学大家，两人竟是长年的朋友。友谊在不同的人之间原来是可以有不同的色彩的。

先生没有留下回忆录或日记一类著作，而从他人的传记、回忆文字和日记中，读到许多关于先生的记载和评价，得知先生在他人笔下的形象是如此之佳，不免很觉光荣。譬如，《胡秋原传》和《胡兰畦回忆录》都有记述先生的亲切回忆，而复旦经济系教授朱伯康更是赞扬先生为贤哲。想想也是，先生鲜明的个性、卓越的才识和广阔的胸襟，尤其是醇厚的传统士大夫气度，在朋友和学生心中所留下的记忆和印象，是难以磨灭的。

梁志学先生记忆力非凡，给我讲过先生的不少事情，其中许多可得其他文字资料的印证。梁先生每次都会提到，先生诲人不倦，所以年轻人常常去先生处请教。在《人往低处走》和《花间一壶酒》中，李零说及他向先生学德语，听先生谈周扬等人对异化理论的不同态度的事，也是饶有兴味的事情。

先生诗才甚高，但他与现代派诗人交往的故事，虽略出于意表，却也在情理之中。卞之琳写文章说到他和何其芳与先生的交往，文笔很生动。[①]卞之琳也住在社科院干面胡同宿舍楼里。他在《维多利亚女王传》再版前言中提到，曾向先生请教几个德文书名的译法。何其芳的事以前偶尔听先生说过一句。卞之琳说，何其芳晚年常到旧书店搜购德文书，全力翻译海涅等德国诗人的诗，遇到德语的难题，便去就教于先生。海涅、何其芳和卞之琳，都是少年时代就熟悉的人物。这些人物之间原来有这样密切的联系，而又与先生相关，我的欣喜就油然而起。

令人扼腕的是，先生的去世也是与朋友、与他一生挚爱的诗直接相关。一九八九年十一月中旬他的好友杨熙龄去世，先生很是悲痛，要写诗来志哀。十九日苦吟一夜不眠，第二天早晨因支气管出血而陷入昏迷，一天后去世。这首诗也就成了绝笔，雄浑而悲伤。

“天啬臻中寿，嗟君不世才。冥心探奇矣，抵掌何雄哉。析辩惊沧海，著书轶讲台。我伤知己逝，萧瑟北风来。”

---

① “何其芳晚年译诗”，载于《读书》1984年第3期。

然而，我想，此诗所吟咏的又何尝不可以是先生本人呢？

三

先生的才学和交游，有家世的渊源；先生的家族，四川潼南杨家，是个大家族。

先生很少谈及自己的家世，一如常情，这些都是师母告诉我的。亲情和家世的点滴，在他写于乙酉年的《小传》中亦有记载。四岁始诵《诗经》，好读《三国演义》，亦喜爱其中的诗词。六岁读杜甫，祖母陶香九亲自教以平仄音韵。陶香九是民国初年著名女诗人，所出诗集《绣余草》曾由胡适陈三立等人作序题词。

少年时，先生就读北京汇文中学，毕业后入上海震旦大学预科班，英文和法文的基础就是在那个时候打下的。一九二九年负笈远游欧洲，求学于巴黎大学、柏林大学和维也纳大学等欧洲名校。

杨家政商学各界人才辈出，在国共两党都有响当当的人物。至亲、师生和好友因意识形态的分歧而陷入你死我活对抗的两大阵营，这是那个时代中国人的历史命运。师母偶然会说到先生在民国政府当官的父亲，以及后来的去台湾。现在得知，先生的父亲曾任国民政府司法院的秘书长，一九四九年去台湾之后曾任立法委员和大学教授。师母有一次提及，当年杨闇公受到追捕时，也曾在先生父亲家里藏身。

先生在其《自述》中提及，上世纪三十年代友人孟宪承曾向胡适推荐先生翻译黑格尔《逻辑学》，被胡适婉拒，先生为此很不高兴。我听先生谈及胡适，态度是颇不以为然的。但不少文献表明，胡适与先生一家可算是世交，胡适日记中也记载与先生父辈的交往，与其叔父也颇相与。重拾民国时期这些盘根错节的人际关系，对现代中国社会的演变或有见微知著的意义。

家庭出身或曰家庭成分，在上世纪八十年代中期之前，是相当重大和敏感的问题。人们都避而不谈。一九八五年中共中央为了大量吸收知识分子入党，取消或弱化了各种表格中的家庭成分一栏。这使许多人可以打开家庭历史的记忆之窗，也改变了许多人的命运。记得那时在社科院研究生院，一天午饭时谈到这个话题，大家都很兴奋，纷纷亮出原本的家底。有位同学家庭成分向来是革命军人，其时则很自豪地说他爷爷原是地主，而一位家庭成分为贫农的同学，家里原来有土地几百垧，他爷爷这一辈抽大烟，恰好在土改之前三年将土地和家产抽个精光，得了个当时极其响亮的成分，贫农。

缘于此，这些当时极为敏感的事情，我很少问及。今天，人们能够以客观、公正和自由的观点来看待的过去，历史就愈益开放地展现自己的本来面貌。近年潼南地方发表了许多过去曾为禁闻的史料，也就是有趣的例证。

四

出生于这样一个家境良好的家庭，十七岁游学欧洲之际，先生却投身国际共运活动。我听师母说起此事，是在上世纪八十年代的宽松时期，我调侃先生说，这不是拿着地主资本家的钱去革地主资本家的命？先生慧黠一笑而不语。

先生先是在巴黎索邦大学学习，参加法共中国组，然后去柏林大学学习，转入德共中国组。在他的《自叙》里，先生没有提及自己在欧洲政治活动的经历。但在《胡秋原传》，胡兰畦和朱伯康等人的文字里，都有不少具体生动的记述。不过，全部历史我依然是不甚清楚的。当年先生不愿多说的原因，我想，主要就是他在一九三四年五月退出了德共，因为他不满斯大林的路线和德共的作为。德共当时助纣为虐，在许多州与纳粹合作，打击社会民主党，为纳粹的最终上台助了一臂之力，然而，最终也逃脱不了被纳粹消灭的结局。——这些历史我是在近几年才了解到的，一时真是很震惊，因为这与官方原来的版本，有天壤之别。

先生虽然退出德共，但依然倾向于马克思主义，在当时德国留学生圈子里很有名望。《胡秋原传》多次称赞先生博学、多才和正派，是位奇才。[①] 先生对马克思主义、德国历史和现状与世界形势，不仅有知识，而且有卓见。一九三四年胡秋原请教他如何看纳粹的性质，先生一语中的：依照纳粹的党纲，前半部分是种族主义和反犹主义，后半部分是社会主义。胡秋原又问，纳粹前途如何？先生说“走向战争”——一语成谶。

先生的政治见识远不止于此。一九三七年苏联杀害本国的八位高级将领，极其惨烈。先生撰写“苏联的党狱”一文来追根究源。苏联当时在国际上地位日隆，从国际孤儿成为国际联盟的成员。年青的先生却判断在这个国度中，人类精神的许多宝藏已经

① 张漱菡：《胡秋原传》，台湾：皇冠出版社，1988 年，第 672 页、674 页。

沦亡了。[1]“残暴与卑怯，是一种精神状态底两面。上升的和自信稳固的势力，总是比较宽容；而武力和压迫底滥用，总是衰颓末世的特征。”[2]这个被当时及后来许多中国人称为人类新希望的国度，却早已展现了末世的征象。有一点先生说得一针见血：“这种时时迫害和‘清算’的结果，没有一个人敢用自己的头脑思索，没有一个人敢独创地作一点事。”[3]

不过，先生当时对中国情况持乐观的态度。他说，“中国没有宗教，因此中国没有对异教徒迫害的传统，也没有以某种信仰鼓动群众夺取政权的党争。”[4]他期望中国“保持这种博大宽容大国民的美德，更要以创造的精神来发扬这种美德。”[5]他没有想到的是，中国后来竟全盘照搬了苏联的制度，最终导致一系列如果不比苏联惨烈，也与苏联一样惨烈的事件，直至“文革”的浩劫。

先生谈起苏俄，总是很鄙夷的。苏俄对中国的戕害在现代所有国家中，只有日本可与之比肩。他认为苏俄从沙皇到斯大林，对中国就是一句话，包藏祸心。他们侵占中国领土，扰乱中国内政，令中国在现代化转型的关键时刻，陷入社会的极度动荡，历经无穷的灾难。

一九三六年先生从德国归来，有从政乃至从军的志向。一九八一年春节期间，他写“谈往录——记冯玉祥”一文记述他

---

① 《理想的追求》，第 81 页。
② 《理想的追求》，第 79 页。
③ 《理想的追求》，第 81 页。
④ 《理想的追求》，第 81 页。
⑤ 《理想的追求》，第 81 页。

与冯玉祥交往的经过。先生为冯及其将领讲希特勒上台之后的形势，并受命联络其旧部。先生劝说冯抗日，并愿追随，但冯对先生的形势分析和建言，未予采纳。于是先生放弃了从军的念头。[①] 因为冯玉祥反对蒋介石，以后就被树为正面形象。但先生认为，冯拥兵百万以自重，无明确政治纲领，不过一军阀而已。在此之后，据朱伯康记载，先生曾在民国政府的战地党政委员会任设计委员。[②]

虽然此后先生的生涯主要在学术领域，但由于思想的倾向，也曾在一九四九年参加过外围的政治斗争。一九五三年先生从复旦大学调任贸易促进会专员，实际上是为国家领导人起草外事文件，并兼翻译，也是其政治活动的一部分。

对于自己的从政经历，先生绝少提及。因为退出德共、与冯玉祥的过往和战地党政委员会的经历，在改革开放之前，用当时术语来说，是“严重的政治问题和历史问题”，皆为政治迫害的理由。但是，即便在当时，这些历史也像学术一样是很有吸引力的。吾辈生长于封闭的时代，所受的教育和信息都是单向而扭曲的，任何更多的信息对我们来说，皆是正确的知识和道德判断力的养料。虽然社会逐渐开放，但在上世纪八十年代，许多历史依然还在层层的重禁之中。即便今天，我们关于现代中国历史的知识仍然是大有局限的。

先生的从政，盖出于那一时代的中国情怀。它虽然屡遭挫折，

---

① 《理想的追求》，第 504—505 页。

② 《理想的追求》，第 560 页。

却始终流淌在那一代人的血液中。比如王太庆先生就多次与我提到唐努乌梁海，说这是一片中国的土地，先是被沙俄侵占，后来被苏联不明不白地并吞了。由此，我才知道，中国原来有这么大一块飞地不明不白地丢失了。吾辈的中国意识或有不同，出于如此渊源，精神则是一脉相承的。

五

自进入北大之后，我就慢慢地生成一个疑问，那些迷人的风范为什么似乎只出现在先生一代及以前的学人身上，而后来有如凤毛麟角，几近湮灭。他们有天赋，有才学——这些在今天不难见到；有胆量，这也还可以见及。他们狷介，有原则，有节操，这是自我的尊重，这在今天则已十分难得。倘若还有理智的勇气、个性的坚持，那么就有如稀世的文物了。迷人的气质就是由它们混成的。那一代人历经战争、革命、动荡、离乱和浩劫，尊严的摧残和人道的毁灭，有过莫大的希望，罹受了巨大的磨难。这些风范是如何在那些人身上保留下来的？或者这种精神为何有这么强大的力量？而今天它却仿佛又软弱到无以自立。

写下这篇文章，是为纪念杨一之先生，纪念一个时代和它的风范，纪念消失了的文明和传统。智者自然知道，它们之中并非一切都是好的，但是，尽管五色杂糅，但基础和主体却是健康的和正派的，是可以完善的。一种文明的消灭自然有其自身的缺陷和责任。不过，我们需要记住的是，文明经常也为野蛮力量所消灭。

我常常也思考，那一代充满中国情怀和理想的人，在面临社会巨大变迁时，观念中有什么盲点？在先生二十多岁时所写的“非常与中庸”中，他希望，中国人应当能够“补救西欧自然科学所发生褊狭的胸襟偏至的恶果的药剂”，而其态度就是“极高明而道中庸”。由此，“中国正可以讲求科学而不必受其弊吧！”自十九世纪末期以来，这是中国志士仁人的主流思维定式，即只接受西方文化之长处，而不受其弊。这促使他们去寻求一种完美的制度，一种万全之策。不幸的是，最后只有一种高蹈而未经检验的理想，符合这样单纯的要求。殊不知，相比于切实却有瑕疵的合理制度，它们却是一个巨大的陷阱。人们容易陷入其中，然而，一失足成千古恨，再回头已百年身。《胡兰畦回忆录》记载了她受到自己同志迫害的经历，从受批判到进监狱，从失去生活来源到险些失去性命，她可以痛斥那些迫害她的行为和人，却难以直面导致这一切的观念和运动，因为这也是她个人生命无法剥离的血肉部分。

诗人、学者和政治思想家三位一体的先生，除了喜欢酒，日常生活是不在他的视野中的，对人情世故也是不在行的。先生一生虽然有在吾辈看来颇为复杂而丰富的经历，却依然秉持若干简单而基本的原则。他倾向于马克思主义，而精神却在自由和独立一端。先生的形象，令人最难忘的是那双炯炯有神的眼睛，从眼底可以看到清澈的光辉。

先生书房兼客厅的西面墙上有一副署名古吴陈正飞书赠的对联。陈正飞是颇有成就的历史学家和书家，一九四九年之后屡遭迫害。联语摘自谭嗣同《夜成》的名句，而它恰似先生一生的理想、行止、风范和个性的写照，仿佛是专门来论定先生的。其实，它亦映照了吾辈的心声。

斗酒纵横天下事

名山风雨百年心

二〇一二年十一月十八日草于北京圆明园东听风阁

二〇一二年十二月十日改定于北京圆明园东听风阁

发表于《读书》，2013 年第 3 期

风雅流韵

——从楼宇烈老师听昆曲

今天在中国，传统的东西受到人们越来越深切的关注——不过，它所反映的却是一个颇为不堪的现实。几十年的社会变迁，无论成就还是浩劫，唯有一样东西持续受到伤害，这就是中国的东西，尤其传统文明的精华，和这片土地的自然、质朴和美丽。土地和河流遍受污染，山水风光支离破碎，传统道德制度器物，几近丧失殆尽。在这样一种局面之下，还要切实地坚持中国观念和风格，采取传统生活方式，勉力促进，实在有虽千万人吾往矣的气概。这样的人长久以来很鲜见了，楼宇烈老师正是这样一位人物。

自本科起就开始读楼老师主编的《中国哲学史》，但深刻的印象主要来自上世纪八十年代末回到北大教书之后与楼老师的交往。大约八十、九十年代之交，他成了系里第一位电脑发烧友。当时，刚从日本回来的楼老师，带回一台电脑，在那个时代，这件事本身就有轰动效应，因为系里老师还无人有个人电脑，多数自然也不熟悉电脑。真正的发烧行为，是楼老师由此开始自己组装电脑，这在北大也是相当超前的行为。北大哲学系后来有一位电脑高手孙永平，当时尚未入门。他装自己的第一台电脑时，由楼老师带着到那时在黄庄才有的电子市场去购买组件，并指导组装。那天有青年教师四五人同行，皆出于对个人组装电脑这事的好奇。这件事一时成为佳话。后来，系里老师慢慢有了个人电脑，多数是组装机，品牌机在那时都是天价的洋货。

楼老师对中国传统思想和文化的新观念，就我所知，大约也是那个时候形成的。记得当年在三院外哲所会议室举办的一个讨论会上，楼老师主张，中国传统哲学和思想需要有自身的独特的表述方式。他的意思是，西方哲学的概念、范畴乃至方法不足以叙述和解释中国哲学思想。

这样的观点是以对中国古典思想和文化的长久浸淫为基础的。从戏剧、书法到中医，皆在楼老师的研究和兴趣范围之内；在中国古代哲学思想领域，楼老师实为大家，在佛学领域，更是一代宗师。不过，楼老师让吾辈佩服的功夫，不仅在于理论，尤在于观念的实践。中国古典哲学的要义就在于实践，尤其是伦理道德的实践。即使形而上学和认识论的内容，也因为天人合一的说法，而具有行的意义。王阳明一念之间就是行和知行合一的思想，把这种特点发挥到了极致。

阳明心学可以有无数多种解释，但自己有念，却只管叫他人去行，总不在可能的含义之内。行从自身起，这其实是最难的。古典的观念和生活态度，乃至情趣，在楼老师那里则落实为他个人的生活方式。

楼老师行的内容可谓丰富，耳闻多多，而我所目睹最多者则是他的昆曲教习。昆曲与古琴，在古代就属于阳春白雪，在今天和者就益发的少了。于古琴我实在懵懂，甚至分不清古琴与筝的声音。而对昆曲浮光掠影见过一些，虽然是在门外张望，却着实喜欢。

近几年来，我的课常常排在周三下午，地点在外哲所。而楼老师所主持的昆曲练唱会也正是这个时候，在同一楼层的东头。课间休息，总能听到抑扬婉转的歌咏之声。每年也总能几次收到由楼老师主持的昆曲古琴表演会的邀请。记得 2011 年 12 月间第二届中国创新论坛在南京理工大学举办期间，楼老师率领北大国艺苑表演昆曲清唱和古琴，节目虽然不多，却给观众带来了震撼。

江南原是戏剧的繁盛之地。它构成了人们日常生活的一个重要部分，稍有规模的村镇都有戏台。鲁迅所写的社戏其实很普及。在“文革”之前，尚在童蒙的我还多少接触到一些江南戏剧的余韵。但这些很朦胧的印象，很快在“文革”中被冲得七零八落。

昆曲很早就接触到了，只是不知道它原来是这样一种物事。那个时代，《红楼梦》因为毛泽东认为有政治意义，成了可以公开出版和阅读的少数几部小说中的一部。它里面有昆曲的许多回声，晃动着汤显祖的影子。因为江青不喜欢昆剧，所以因移植样板戏而一时红火的各种戏曲中，唯昆曲独处冷宫。

少年时读到“良辰美景奈何天，赏心乐事谁家院”，单单语言和情绪就很觉得好，喜欢无比；却不知道它前面竟有“原来姹紫嫣红开遍，似这般都付与断井颓垣”这样的对照，后面又有“朝飞暮卷，云霞翠轩，雨丝风片，烟波画船，锦屏人忒看的这韶光贱”如此的铺陈和感叹。《红楼梦》多少维系了中国古典审美趣味的一缕传统。

全本的昆剧，第一次是在北大从电影上看的，那就是“文革”前拍摄的《十五贯》，当时很有些震撼的感觉，尽管当时观众中十有八九原不知道昆曲为何物。故事本身，还有两位主角尤其娄阿鼠扮演者王传淞的演技，让人一时倾倒。它虽然多半是实景拍摄，但舞台效果十足。这些内容、形式对吾辈来说，乍看很陌生，却能呼唤起极为深远的记忆。这就是民族文化的历史记忆，多半是从父辈和顽固的民间文化中得来。

《十五贯》的唱腔，似乎有点绍剧高腔的韵味，与婉转清丽为长的苏昆不太相同。昆曲在其发展演变之中，曾经与各种地方唱腔结合而形成不同的流派。在它的鼎盛时期是如此，即便在其衰微之期，亦是如此。现在，各地的昆曲似乎越来越趋于一致了。

虽然喜欢，其实我所接触的昆曲主要是文字的东西。记得上世纪九十年代初期，曾经读过一阵子《桃花扇》、《牡丹亭》等剧本；还浏览了一些研究文献。1963 年拍摄的《桃花扇》电影不是昆剧演出，而是一般故事片，其中倒有《牡丹亭》昆曲唱腔的许多片断。因为有好的底本的缘故，所以电影的语言也算别致。

昆曲文辞之美，是我喜欢它的主要缘由。它融汇了中国古代诗词的精华，而这同时证明了一个重要的道理，所有具有生命力而流传久远的诗体文字，都是可以歌唱的。我也喜欢越剧一类江南戏曲，但也限于有雅致文辞的作品。

喜欢昆曲，当然还可以有多种其他的理由，比如，它鲜明的汉族歌舞特色。很早以前听说过一种说法，汉民族不善歌舞。八佾之舞杳不可寻，盛唐的宫廷乐舞失传既久，亦歌亦舞的昆剧则保留了汉民族歌舞的古代特征，虽然渊源有多长，仍是颇费考证功夫的事情。

还有江南唱腔的清丽和柔美，所以即便在北昆里也听得出依稀的吴侬之音。吴方言保留了上古汉语复杂丰富的音韵体系。辛稼轩当年已经在称赞“醉里吴音相媚好”了。其实，吴方言也多有包含铿锵有力音韵的支系。昆曲当然是南昆好听，因为这切合汉语传统的音韵特点。所谓抑扬顿挫，一咏三叹，正是在南昆里面才能够完美体现。北昆之兴，音韵声调，变得简单多了，因此歌唱念白也就直白多了。

古典精英文化昭示人们，中国古代原有做事极其认真的人。杜甫所谓“语不惊人死不休”的态度，就是如此态度的极致。任何精英文化，或任何文明的精华，都与追求极致的精神和极度的认真不可分离的。今天还有那么一些人，把现在的过错都诿之古人和传统，不知道他们在内省时是否会有一些羞愧之心？

保存精英文化与创造精英文化，对每一位知识分子来说应当是一种职责，虽然不同的人会有不同的选择。楼老师开昆曲古琴讲习班，主持国艺苑，就是在履行这样一种职责。在今天，这意义并不在娱乐，亦非雅玩，而是体现了中国品格，它的决心和毅力。

楼老师说，他喜欢的昆曲，是本来面目的那种，有如博物馆里的东西。这是一种纯粹的文化保守主义的态度。阳春白雪，和者盖寡，文化的精粹总是由少数人创造和维持。这一点在古代与在现代没有什么大的差别。昆曲是否过时，这对于楼老师来说不是问题，因为古董是不会过时的。昆曲与芭蕾和日本的能剧一样，作为娱乐手段，不再大众化了；但作为一种文化品类，尤其是精英文化品类，却具有永久的价值。人们教习昆剧，保护传统建筑，讲究传统礼仪习俗，甚至于穿戴汉服，所体现的都是挽狂澜于既倒的勇气。

对中国古典文明体系，最令人痛惜不已的是，国人原本是有时间来自觉、认真地做一番研究，而使中国现代化可以传统的积极因素为奥援，亦为世界文明的发展保存重要的多元性的因素。然而，它突然之间被外力摧毁和废弃了。今天我们所深陷的困境，至少在表面上，无非只能在两种西化之间做出选择。

人们想要维持和继承中国古典文明，现在所能做的事情无非只是某一有限的层面或局部。不少人或有一种理想，中国传统文明在某一天能够复兴而成为主流，这是不切合实际的。倘若当今和未来的中国人有足够的创造力，那么中国古典文明的积极因素或有可能在新的形式中发扬光大。

在楼宇烈老师八十华诞之际，想到他已经倡导和讲习昆曲和古琴近六十年，和践行其他中国观念的作为，以为这就是中国品格的一个杰出榜样。

2013 年 7 月 14 日

载于《楼宇烈先生八秩颂寿文集》，

北京：九州出版社，2013 年

一时意绪，写出千古情怀

——为军英诗词集作

一

回想自少时至今，读过多少人物的故事，每当壮怀激烈、失意惆怅、悱恻忧伤、情意难解，或喜气洋洋、心旷神怡、惬意悠闲，而至于春树暮云、万般心绪、纠结无穷，最能抒发这般人物怀抱心态的，大约要以唐诗宋词为第一，以至于人们常常要乘风归去，散发弄舟，至少要一发少年狂，雪夜登山，月下独酌，任是云海之邈实在难以相期，也要做个无情游。心中情绪，不平则鸣；鸣而为声，何者最佳，自是诗歌。

《周礼》说诗，列出风雅颂赋比兴六义。后人虽然将风雅颂与赋比兴分别开来，但兴的道理总是没有说透。兴就是起，而在诗一端，所起的就是那种要以韵语丽词抒发出来的情绪。有人说，兴乃托事于物，这个解释固然不错，但次序不对，并非托在先，而是事在先。诗意兴起，诸物皆可为托，虽然有中肯与不中肯之分，但那属于才气和修养。见景生情，睹物思人，是人之常情，而由情生景，由人生事，亦是人之常情。兴致有了，找个由头，把这一腔情绪托事于物一般地吟咏出来，就不是人之常能了。

诗三百篇，“关关雎鸠，在河之洲，窈窕淑女，君子好逑”位列第一。吟唱者，无论为谁，其意向所指就是好逑，而意向恰是这份被吟唱不已的思恋之情。情绪一旦起来，需找个事物起头，雎鸠于是就首先出场了。但咏雎鸠是为了唱好逑。雎鸠就是兴，这是兴的第二层意思。

诗起于一时意绪，发乎人的本性，可谓之为自然在歌唱。而自然的歌唱，虽属于人声，却可以视为天籁。想唱就唱，胸有块垒，心有郁结，情有冲动，兴有高发，都可以发而为诗，咏而为歌。由是而观，诗之天职，就在于乘兴而来。诗之余绪，则是兴尽而归。所谓思无邪，温柔敦厚，政治正确性，都是诗之余绪之后的事情了。只是当编诗编累了，孔夫子才会说出诗无邪的高论。否则，他还是更愿意到沂水河中岸上，一展高兴的。

二

由此，人们也就可以领会，“人生自是有情痴，此恨不关风与月。”王国维说，欧阳修这两句“豪放之中有沈著之致”，诗无达诂，如此解释诚然有理，却没有说及于诗最为要紧的一件事：诗词一道，全在于人本有情，情出于本心，情痴无非自得，与风月无关。不过，要讲得人生痴情的极处，总要借风月为手段，以山河为背景。李贺说天若有情天亦老，言下之意则是，人之易老实在出于情多。正缘于此，老庄者流早就悟到，若要长生，须得齐物而不动心。不过，不动心的人生，了无意趣，没有多少人愿意把一生就这样呆呆地过了，宁要“生当作人杰，死亦为鬼雄”的豪壮，“春蚕到死丝方尽，蜡炬成灰泪始干”的痴绝，而诗人也就要为此“语不惊人死不休”。

诗既出于情之兴起，化而为文字，不仅映照自己的情绪心态，又襄助他人抒发胸臆，成为激发情绪的引子，一瞥他者内心的玉鉴。“离歌且莫翻新阕，一曲能教肠寸结。”欧阳永叔所写的，就是这样的情景和效应。古人所谓慷慨悲歌，所吟所咏的多非自己的诗作。

王国维用境界说诗，的是高明。境界就是诗人用语句营造起来的情境交融的虚拟的三维空间。境界自有妙处：寥寥几项景物，几个情语，便造就一个可供人们自由联想而有千变万化想象的结构。它的情绪指向是大抵确定的，倘若主调为忧伤，就难以从中领略出欣快。这与音乐结构大相异趣。嵇康说，“音声有自然之和，而无系于人情。”因为诗词的境界系于言语结构，音乐则是合乎和声的抽象结构，难以泊定特定的情绪。境界之说切中了诗之肯綮，为诗的分析搭起了一个骨架。由此想来，散文与诗的分野并不在于句子的分行书写，而在于诗要为想象的自由发挥留出足够的空间。

什么是好诗？一时意绪，写出千古情怀。千年之后人们复来吟咏，它竟可以令人生出一样的襟怀，发出相似的感叹。

昔我往矣，杨柳依依，今我归矣，雨雪霏霏。

前不见古人，后不见来者，念天地之悠悠，独怆然而涕下。

床前明月光，疑是地上霜，举头望明月，低头思故乡。

这般人皆能诵的句子之所以绝佳，就在于它们能引起各色人物的共鸣。自然，同样的佳句还可以举出更多。

一首好诗就形成一个独特的审美境界，不仅与其他情景有异，并且亦造就某种一般性。境界包含情与境两类基本因素，一情可以多境，一境亦可以多情。关键在于情足够独特，又能够引起同感，境足够独特，又能够引起共享。由此，境界之中的情和境是不能过于怪诞的，否则就会失去美感的一般性。

语言使境界展现出来。俗话说，诗要上口，这就有了平仄、节奏、韵律、修辞和典故等要求和章法。诗可以唱，可以吟，亦可以咏。现代许多人常常误解诗的意义，以为分成短行的文字就是诗。于是，有人写出若干或许多分行的文字，当作诗，自己也就自矜成了诗人。但是，任何时代，任何语言的诗歌，如不切合上口的要求，就无法流传。在这一点上，现代诗与三百篇，不应当有什么差别。汉语现代诗的历史过短，并不成熟，表现力和语言美感都不足。因此，传统诗词形式，主要是律诗和词，在今天依然有其广泛甚至越来越多的爱好者，就是最自然不过的事情了。

三

不过，自上个世纪始直至今天，律诗和词在体系化的教育里及在文化界受到压制，从小学到大学，虽然有传统诗词入选教材，但律诗和词的基本知识并不在课堂讲授。仅仅出于传统的力量，私相授受，它们才得以延续下来。

一册《栖溪风月》就是这个传统的样板。当然，不仅仅诗词，读者同时见及的是以古典形式优雅地呈现的山水、风月、才情和怀抱。或者可以说，古人营造了许多境界，而生活世界在发扬光大，人的怀抱自然也就要有新的表现。这是诗乃自然的歌唱的另一层意思。

军英的才气在少年时代就已展露。在中学时，我们一起写诗，他才情与英俊俱飞。那时，他写的是白话诗，一写就是几十行，或有上百行，只是现在一时记不清了。当时，学校的几个诗友还一起编了一本诗集。可惜，几番迁居，那个诗集现在不知散落到什么地方去了。

1977 年高考恢复，翌年春天军英进入杭州大学中文系，硕士阶段又专攻诗词。杭州大学中文系当时为中国古典文学的重镇，唐宋诗词研究更是木秀于林，而军英如鱼得水。回杭时相见，听他谈词，将两宋的名篇背得个滚瓜烂熟，而词章格律，更不用分说，这令人很是羡慕。我于诗词虽可谓情有独钟，在北大也往中文系听了一些课程，但因有康德、黑格尔的著作，还有马克思的东西要对付，便不能如他那样自在遨游。军英向我谈刘过、吴文英，谈一些当时我知之不详的词作。我素来喜爱的作品其实不多。李白两首，李煜数阕，苏轼、辛弃疾、李清照、欧阳修、柳永原本大家，佳什颇伙，喜欢的就多一些；诸如范仲淹、王安石也就一两阕，他们仿佛是以一首词独步宋朝词坛。这些人物的词作奠定了词界的格局，影响了千古词风。随着年龄增长，我也觉得出韦庄、秦观、周邦彦、姜夔、蒋捷等人作品的妙处；其实也只喜他们的一两首词，如白石道人的扬州慢，自然，仅这一首便胜过其他中才的数十百首。

军英的视野自然宽阔许多，当年他大约也写过不少词。我始终记得他告诉我“倚床立就”的故事：即在大学宿舍里从上铺爬下来，靠着床架即可拟就一阕。可惜，这个集子没有见到他的少作，读者只能领略他的中年情怀了，不过，从中或可窥见他的少年心性。

皇皇一百多首长短句中，“江梅引——庚寅正月西溪同游”最有趣味，初读之下就觉得有宋词之致。此次再读，对照其所和的洪皓原词，虽然时隔近八百多年，实在是在相互辉映之余胜出一筹，尤其上阕，颇堪玩味。

西溪风月觅新梅。
几枝开？几人来？
料峭春寒、遗迹旧亭台。
水碧芦白长堤外，掩孤笠，垂纶客，知是谁？

“几枝开？几人来？”将清冷的早春问得一片生动，多少透露出作者的欣喜之情。而孤笠钓客，虽然时见，却独守水渚，问是自问，无求答案，孤客自孤，不论心外。

“贺新郎——天命自题”，五十载的回顾，恰在秋末；人生苦短，俯仰之间，已是半百。

未许西风来时路，何故风霜急切。
染几缕、青丝如雪。
自负沧桑人不老，却浅斟不胜寒江月。
情与貌，两清越。

在岁月的天命这个时段上，生涯的轨道已经大体固定，对以学术为业的人来说，终点的状况是大致可以预测的，奇迹当然会有，但不仅少，而且也只眷顾十二分勤奋的人。但是，在这个年岁的人又多数未能意识到生命的重大转变。而我们这一代人又经历过最戏剧化的社会变迁，巨大而迅速，对比强烈，以至于导致了许多人的精神分裂。要战胜这种分裂，人就得直面事实，走在人类正道，这或可是对清越的一解。

军英诗词集中吟咏最多的除了山水，就是情，虽然不知那位伊人或那些伊人为谁，但情之殷殷，意之款款，不仅深长，也非常别致。试看“凤凰台上忆吹箫——寄赠”：

风冷溪桥，月涵秋影，今宵却向云栖。
想伊人归去，路远人稀。
微倦浮尘浊雾，常日暮、修竹独倚。
清辉下、疏眉翠黛，玉骨冰肌。

深情当为有情人写出，但两情如何相接？此阕写人间温婉感情，却如世外一般风致，伊人冰肌，他身玉骨。“想伊人归去，路远人稀”：却看景色，修竹石径，渐行渐远，背影、竹影与冷月交融；再观内心，一片怜爱，至记忆深处，更有另一番佳人之约之清景。虽是旧日风情，却为当下意象。

记得军英在其博客上曾经发表过不少题画诗词，意淡情远，符合只说伊人、不指阿谁的风格。在这些诗作里头，香草、美人和丹青混为一体，情意就多层次地表现出来："清新一叶自幽香，淡雅从来不艳妆。"（秋冬题画诗九首——幽兰芬芳）这样的风格或许也是古今同调。

读王安石《桂枝香》，你其实不用亲临金陵，凌绝顶而观石头城与大江，但吟咏"登临送目，正古国晚秋"，一番图画就油然而起，它依托于各人体验，游历过的地方，见识过的风景，看过的图画，乃至读过的书籍；在此时，王荆公的诗句，触动了自身想象力的营造，这些因素汇合起来，别构出一幅江山胜景来。情诗也可做如是解读。

军英诗词虽多唱和和即兴之作，内容则相当多样，风格和底色也难以概括。但是，潇洒飘逸之致，散淡随兴之思，始终贯穿在这些诗词里面。诚然，散淡和飘逸无非旧的说法，却也非常人可以有这样的风格，何况，还要论个真散淡与真飘逸。

四

《栖溪风月》一名指向特定的地域：他吟咏的山水风月情事多数是在西溪一带。而西溪，正是我的故乡，出生和成长的地方。自儿时起，我走遍了西溪的山水。这样，军英的诗词与我又有了一层直接的关联。

杭州西北面原是一大片水乡。从原名为西溪的留下镇向北，向西到仓前、余杭，向北偏东直到良渚，远至塘栖，都是水网纵横的水乡。从介于临平和塘栖之间的孤立而起遍植梅花的超山峰顶往塘栖看，只见烟水苍茫。自留下以南以西就是绵延不绝的东南丘陵，西入安徽，南达福建江西。所谓西溪，就是以发源留下西南丘陵的一条溪河为干流，汇合了众多山溪的一片流域。这个流域包括现在的留下、五常和蒋村一带，是否还包括闲林和仓前，我不清楚。向东，它直至现在天目山路边缘。不过，这条干流原来穿留下镇北向去。大约在“文革”后期，因春夏之交经常洪水泛滥，有司将河改道，使之直接从荆山岭边流下五常去了。留下镇中心的那条河，规模虽然还在，水量却如一条小水沟，舟楫不再通航，居民也无法游水了。两岸的商业也渐渐外移。这条河在宋朝应是叫作西溪的。但在我的少时，它是没有名称的，到现在文献中地图上也查不到它的名称。

军英所描写的是成为湿地公园后的西溪，它只是原来西溪流域一小部分，其他大部在上世纪八、九十年代都被填平造城了，连一丝水乡的遗迹也没有留下。而我的少时，从留下到三墩之间方圆几十里，水面远大于旱地；从留下到余杭塘河之间，原是泽国，江南水乡之中的水乡；岸地如洲，不少是先民从水中围筑起来的，所以地名多用墩、埭和坝。它是江南水乡精神和物质的生活的样板。在我的记忆里，这永远是最美的一块土地。我千百次登上留下镇后的屏基山，向北眺，烟雨水乡，向南望，崇山峻岭。留下这个地方，就在绵延数百里的山脉与辽阔数百里的水乡的分界线上，而独兼山水之利乐。这是我与军英相识，一起在中学求学的地方。

这片山水，是我少时成长的天地，于我有故土之思，去国离乡之情。而军英在这一片土地上求学、工作和生活，与这里的花草竹木山水亭台楼阁日夕相处，游走于斯土，歌而出，咏而归。

军英笔下的西溪，对我来说既熟悉又陌生。熟悉的是它原有的地名和河湖，而陌生的是它太多新建的道路和设施。我生命中的西溪是带着华丽乡音的野性的泽国，是每一处洋港河塘都弥漫有无数传说和故事的神秘水乡。湿地公园的建立，这一带古老的历史也被人翻出和记起，在军英的诗词里美丽地呈现出来。在我少年的时候，西溪的历史是封闭了的，少时所看见和游历的是一处又一处的废墟，巨大的地基，高大的孤墙。

西溪秋色，正闲逸图晚。

徐步横桥越连栈。

过孤亭、小径环绕丛林，阑干外、弯月如眉初现。（洞仙歌——西溪秋夜闲步）

这般闲适的西溪，正是我挚爱而陌生化了的故乡。我想，有一天我还得像少年时一样，走遍这片剩水余洲；做一些当年未曾做过的事情：寻小径，立孤亭，拍阑干，领略“亭台外、犹然绿柳，胜景更销魂。”（满庭芳——题写西溪秋照）

军英描写山水，得心应手，炉火纯青。杭州山水，历代讽诵不绝，在今天以格律诗和词写出新意，非高手则难为。军英惯看湖山，胸中烂熟古人意境，却写出一个清新的今日西湖山水。不过，即使纵情，“念登高心性，总是湖山沉醉”，也不免一丝中年感慨：“纵笔挥毫，且留他、一点意气。”（《法曲献仙音》正是清净时）

散淡不妨为面对这大好河山，面对过往情事的有益心态。“世事云烟归一瞬，人情闲散更几天。”（静夜感思）但生活其实是可以非常积极的。军英每日写作不止，暴走不停，有时一天竟至十九公里，这是在他心脏搭了支架之后的生活方式。这一面在军英的诗词里看来是没有呈现。

五

律诗和词之属，本为精英文化，需要专门的修养和训练。因为汉语的特殊性，这些看似古典的形式，依然有其生动的活力。自宋之后，汉语语音体系发生了重大的变化，但律诗和词一直长盛不衰，在文学中久居高尚地位。而词一端即为戏曲所用。据王国维考证，元曲中曲调或曲牌约有三分之一沿袭宋词而来，虽然字数会略有改变。这种传统一直延续到明清的戏曲。至于这些曲调如何适应汉语语音的演变，在普通话普及之前，它也因地区而言，譬如，昆曲中南昆诸流派，或采用苏州方言音韵，或采用江浙其他某地方言音韵，就更多地保留了唐宋的古音因素，展现了悠古的韵味。不过，即便以现代的普通话来诵读唐诗宋词，其抑扬顿挫、舒徐繁促、婉转缠绵的节奏和韵律依然能够体现出来，缘由主要在于，汉语语音变化遵循一定的规律。不过，我疑惑的一件事是，汉语语音由繁而简的变化，事实上大大弱化了汉语的表达力，而这一现象与佛教进入中国之后，最后几乎一统于极简主义的禅宗，是否有某种相关性。一些人对格律诗和词的极端否定的态度，与此是否也有共通？

今天写律诗与词，如何用韵，如何用词语，如何切合现代生活，在在关涉审美和格式。譬如，咖啡可否入词，倘如可以，微信呢？其实都是可以的。“民主”和“简讯”在军英的词里都出现了。口语入词，宋人早有先例。辛稼轩用得最为纯熟，而沁园春“杯汝前来”，西江月“遣兴”，都是经典的作品。至于韵，虽人们趋向于简化处理，但入声字的措置，也并非易事。普通话一统天下，能发入声的人越来越少，而认识和能辨别入声的人则更少之又少。至于用典与不用典，取决于一首词的内容和意绪，也取决于作者的心境，并无一定之规。但凡用典，即便在古时也多少要考验人的知识，而在今天对极大多数人来说，就实在是阳春白雪了。军英诗词用典处大多做了注释，也是便宜的方式。

诚然，这些形式之事，人们或在写作之中各有尝试，遵从现代汉语音韵分类，而予以实际的措置。要紧的则是，律诗也好，长短句也好，如何别开新声，写出现代人的情怀与关切。

军英诗词以唐宋气象来写今天情怀、风景、历史乃至时势，让我们领略了现代生活世界的优雅层面，古典韵味。这些诗词别具一派，在今天江南诗词坛上，军英可谓卓然大家了。军英以诗词会友，往来唱和，相聚诗会，诗侣远及海外，这是唐宋的气象。

范仲淹在《唐异诗序》中说，“嘻！诗之为意也，范围乎一气，出入乎万物，卷舒变化，其体甚大。故夫喜焉如春，悲焉如秋，徘徊如云，峥嵘如山；高乎如月星，远乎如神仙；森如武库，锵如乐府。……而诗家者流，厥情非一；失志之人其辞苦，得意之人其辞逸，乐天之人其辞达，觏闵之人其辞怒。”①

人们常常爱说，今天的时代是诗的时代。这话其实不准确。每个时代都是诗的时代。差别仅在于情感的性质和色彩，写作的方式。因此，范仲淹上面最后四句话，虽然切实，但过于一律，即便得意之人，也有失志之时；而一个万马齐喑的时代，也不妨人有逸兴闲情。不同时代诗的不同主调也是可以用这四句来描述的。

正是在这样的意义上，我以为，苏轼辛弃疾乃属词人典范，各种情感事情皆可吟咏，各种写法皆可上手，而各种词语皆可入词，出神入化，每读之下，令人激赏不已。俞平伯说稼轩最终归之于温婉，②是不对的。这无非是豪放与婉约的老套路，久在书斋，要理解像稼轩这样经历和情感都十分丰富的人，而对他们的诗词做出中肯的评价，非有出众的想象力不可。我有时想，宋代出了苏轼、辛弃疾、李清照、欧阳修和柳永这样的词人，也就如唐朝的杜甫李白一样，是我们的天福，否则生命和精神中的极致，就无这样佳什藉以观照，而使自己得一时如永恒般的升华。

人有军英的这样的朋友，便可经常进入诗人的兴会，“坐看湖山烟雨”（湖山空濛），“酒朋诗侣且无拘”（一剪梅——超山探

① 《宋金元文论选》，北京，人民文学出版社，1984年，第45页。

② 俞平伯：《唐宋词选释》，北京，人民文学出版社，1979年，第13页。

梅）。江山家国，风花雪月，文章友情，尽在胸中，而意气不妨清狂与浩荡。

2014年10月14日写于北京圆明园东听风阁
刊于《栖溪风月》，卫军英著，
北京，首都经济贸易大学出版社，2015年

别处并不在生活

《生活并不在别处》这个题目听起来就有点奇怪，印在封面更其诡异，按当下习惯可以读作“别处并不在生活。”我想，贝克莱主教或许会喜欢这样的说法，昆德拉的《生活在别处》则无法翻成这样的隐喻。

书中的内容可谓丰富，但概括起来，就是写书事与人事，因书事而发生的人事，各种人物的往来及作者与他们的往来。应奇购书的兴趣大于藏书，藏书的兴趣大于读书，读书的兴趣小于读人。所以，人是这本集子的主角。这一点是此书与其《北美访书记》略备的一点差异，尽管书事在这个集子里也流连。

这书的文体不拘一格，有讲演的记录，有丛书序和译序，也有林林总总的段子，有些妙不可言，恰如北京冬夜的麻辣烫，一吃上瘾。但凡一谈思想，莫测高深的语录一过，笔锋就转向他人，而一谈人，文字顿时就兴高采烈起来。

应奇为其师范明生先生八十寿辰而写的回忆，与其他几篇写其私淑师的文章一样，有赤子之心。在回忆中他不断重咂老师器重他的余味，也不避讳当年对老师的小不满，敲开了老师寓所大门之后却奋不顾身地逃离。应奇原来还是很尊师重道的。

应奇的文字其来无由，其去无向。读他的文字，你只得跟着走，走到哪里算哪里，入深山则登高，入大海则脱衣。就如与他聊天一样，你如稍一被动，就得堕入他那神出鬼没的思路里面，稍一走神，他就会强行将你拉入无常的轨迹。你即便是极强的谈天控，也要叹无奈，他会用他那同样来无影去无踪的笑声，有力的肢体动作，将你捉回他的语言场。

虽是旁征博引，应奇的描述重在他自己的观察、感受和重构，至于事情实际发生的细节，因仗有极强的记忆力，他并不费心考证。这样，别人的生活在他的笔下，也成了此处生活的一个场面。他又观察仔细，感觉敏锐；若干篇章中，他描写自己与他人的情感变化，刻画他人的行为和言语，有时细腻至极，真挚动人。对人的言语和心理别有一番深入的理解，这一点在我看来，确实是很难的。我先前只从字面意义来理解他人心思，因此常常会错意。后来渐渐地意识到这一点，但也就听之任之。

这个集子的多数文章应奇自称为段子，既写故事，亦就此而臧否人物。段子的意思大概就是生活的片段。这些片段都与读书、思想和学术有关，简称学术段子。一些人谨慎地生活，是为了不让人有所评价；一些人张扬地生活，但也不让人评价；还有一些人张扬地生活，并不顾及人们如何评价。然而，作为政治动物，人总是要品评他人。不过，品评要写成文字，就既需要勇气亦需要技巧。否则，虽然不至于有危险，但会得罪人或遭人反击。不过，就如应奇的好游野泳一样，他具备了这两方面的素质。一个广阔至青山远处隐隐的水库，风吹波涌，岸边立着“水深危险，禁止游泳”的标牌。应奇小心入水，一至深水处，他反而会伸展自如，在波浪间轻盈来去。他人或也入水，但小游则归，或因体力不支，或惧水深不可测。应奇真正如鱼得水，在浩浩水面上，可以游上一个小时。人们不可想象，在岸上他如企鹅一样蹒跚的身体，在水中也会像企鹅一般自如。浙江俗话说得好，他是有水性的。他的段子就如他的野泳一样，也是知人性的，但除此而外，还需要胆量。写人物的段子，与在水库中游野泳一样，是应奇好做的两件事情。我想，他在其中享受了无限的乐趣。

应奇的博闻强记，除了人物，就在书上。应奇喜在书店勾留，好藏书，这些书的名称、内容和来龙去脉，乃至书与书的作者之间的关系，都讲得清楚，这是很了不得的。读他的访书记，他说到的许多书，是我未读过的，还有若干甚至没有听说过。这就不仅要有好记性，还要有大兴趣。这两样东西刚好应奇都有，而且他也颇以此自诩。这样，他写出来的文字就很有些看头了。

孙永平，我在北大的一位朋友，也以好读书而博闻强记出名。有十多年的时间，老孙每周若干天，必到当年的北京图书馆现称国家图书馆的外文新书阅览室去读书。因此，大凡哲学英法德语的新书，他都寓目。人问起来，内容人名关系都讲得清楚，要命的是，理论源流他也说得分明。西方哲学专业硕博士生要答辩，把他请来，文献引证的事就有了底。同事同学也很乐意到他那里去找文献的捷径。北大哲学开门初期也有这样一个浙东人，读书破万卷而过目不忘，就是研究中国哲学的陈汉章。与陈汉章、应奇不同，前几年，老孙声称不读中文书。现在他用了微信，想必也读些中文的微文。

其实，应奇是很适合做学术史和观念史的，他对于中国当代学术界，主要是在文史哲范围内的人物与思想状况的了解，也说明了这一点。不过，他志在于段子，段子里他别具只眼，写出中国当代学术界人物的另一种风貌，学术丛林的另一种状况，而他自己就势筑了一个巢，生活在此处。

这里的风景，有时也很别致。应奇喜欢了解所属意的学者的逸事，如他之购买 Mary Warnock 的回忆录，主要是为了书中有斯特劳逊的三张照片（第 226 页）。人之钟爱这些事情，就如摆弄古董一样，在于鉴赏、眼力和趣味，学术的趣味。当然，表现自己智商的因素也是有的。

读应奇的段子常联想起鲒埼亭，一个怪地名。鲒是寄居在瓦螺里的小蟹，制成酱，便是很鲜美的食物。鲒埼亭是奉化的古称，后世因全祖望的《鲒埼亭集》闻名，应奇几次提及全祖望，还藏有此书。他的后人全增嘏主编了复旦的《西方哲学史》。我的联想一是由“奇”而至“鲒埼”，应奇的文章才气逼人，不拘小节，也属奇崛；二是以为，他的文章又如浙江俗话所说，味道蛮鲜。离奉化不远的诸暨，是应奇的故乡。那个地方出三种东西，一是美女，如西施，二是才子，如应奇，三是白酒，如同山烧。这三样物事的特色在应奇的文章中都有体现。不过，如应奇自称，他本性是很羞涩的，所以，前一件以很羞涩的方式表达，后两件则以他自己的方式喷涌出来，奇而清狂。他集反讽、隐喻、调侃于一文，就如其人行事一样，突如其来，倏忽而去。

文章可以有各种写法，并没有一定之规，散文更是如此。中国原是文章大国，所以古代曾经有许许多多的文体，现代人许多连公文都写不正式，古人文体就不在话上了。我想，虽然文章怎么写都可以的，但是，小学生的作文，大学生的论文，官方文书，还是有一定之规的，断残文句、错别字更是不可以的，要批评和改正。应奇的这些文章当然不在此例，所以奇虽则奇，却是怎么写都可以的。他有时着意要把清楚的意思用含糊的句子表达出来，春秋笔法也未可知，无论如何，他还是有讲究的。

应奇曾多次问我，他的段子好不好？我总是说，好。他也多次追问，段子值不值得写，我总是说，值得写。因为这些段子读起来有味道，长人见识，启人之思，颇受多数朋友欢迎；再者，应奇自己也写得意气昂扬，价值自然就有了。应奇的段子是学界朋友的一味美谈。只是读到他最近的段子，我才稍稍有点觉得，应奇要略微休息一下了。幸好，它们没有收在这两本文集中。前几天我对应奇这样说的时候，他似乎有点不高兴。我想，我说自要实说，高兴不高兴是他自己的事情。他这么大的一个教授，偶尔不高兴一下还是很有资格的。

应奇把书送我时，多次嘱我写个书评。我当时有点虚与委蛇，确实因为难写。应奇则很昂扬地认为，我是一定会写的。十二月在上海会议上见到，我主动对应奇说，你的书评我今年一定写完，今年把一切文债了了，明年就不接活了。应奇相当矜持地说，你如果不讲，我不会追问，我还是很有范的。这样的姿态就加重了我要写好书评的责任感。在此之前，我对向晨说过，应奇又敏感又张狂。向晨觉得实在中肯。我把这事转告应奇，应奇自觉也不错。我本想用这个评语来做题目，但现在却以为当下这个题目更好。

2014 年 12 月 22 日草

2015 年 1 月 3 日改毕于北京圆明园东听风阁

发表于《中华读书报》2015 年 7 月 29 日 22 版

如何讲乡土中国的故事？

唐代张志和跑到祖先之地湖州，在西塞山填了一首渔歌子，曰“西塞山前白鹭飞，桃花流水鳜鱼肥。青箬笠，绿蓑衣，斜风细雨不须归。”少年时代，觉得这词大美，以平常的字眼写出如此隽秀的词句，日常惯见的景色有了无穷的诗意，但不觉得这景象有什么的特别。其时，鳜鱼虽然不常见，但都是在溪水里自然生长。

上世纪八十年代末，感觉世事要大变，曾想搜集一下家乡西溪的事迹。一位故乡朋友不以为然，说现在的西溪与先前是不一样的，没有必要追忆。料想不到的是，当时大体还在的那些历尽沧桑兵燹保存下来的千百年城镇的古时格局和建筑，在不到三十年内，几乎被尽行扫荡，消逝得如昨日烟云，乃至山河形势竟也丕变，悠久的记忆一下子失去了现实的着落。故乡成了他乡，乡音成了绝响。你拥有的只是一个永远回不去的故乡，它留存在你的观念里，亲切而邈远。这时，只有在这时，人们才觉得更有必要把过去的山河岁月，人物故事，风俗习惯记录下来，流传下去。

不过，故乡的故事太多，要说得到位切实，说得清楚有味道，却也不容易。日常闲谈，即兴说去，随处都是开头，到时便是煞尾。如是编出一套书来讲这些古话，那就得费一阵思量，下一番功夫。现在手头这套《浙江历史人文读本》，它不单讲浙江的故事，还要分门别类地讲出来，皇皇八卷，从江山讲到风情，从政治讲到书画，却好不壮观。执行主编陈野是少年同学，送我一套。放在案头，几回翻阅，想写几行字来壮行色，总是不知从何下笔。在电脑里记下了不少札记感想，却串不起篇章来。在这二〇一五年的头一天，看到新近发生的这么多悲剧，便觉对不住老同学的情谊，于是又一卷卷地翻阅里头的篇章。读到方孝孺的故事，又感叹起浙江山水如此壮美，人的志气又是这样的高远。朱棣当方孝孺的面处死他十族的亲戚，轮到他兄弟方孝友就刑时，方孝孺泪如雨下。弟弟安慰他，人虽死，但仁义之魂依旧留在家山。大丈夫有虽千万人吾往矣的豪气，却以至柔之亲情为其根底。“铁马冰河入梦来”的陆游，写出“伤心桥下春波绿，曾是惊鸿照影来”，正是自然之理。浙江的人物，浙江的历史就是这般的个性丰富，色彩斑斓。

因此，浙江的历史，需要从多个层面来讲。这套读本不是中规中矩的史书，而是以历史为纬的故事篇什，讲了一个又一个真实的故事，白描了一幅又一幅的写实画卷，让读者从一个又一个侧面来领略浙江。河姆渡文化是一个场面，良渚遗迹又是一个场面；大禹是一幅画卷，越国又是一幅画卷；衣冠南渡是一个视野，临安都城又是一个视野。尽管这些波澜壮阔的历史大都为现代人所不知和遗忘，但它们融入日常生活之中的元素却也是遗响犹存的。余杭、余暨和余姚地名之中的余，就是古代越语中的发语词，就如乌伤、无锡和芜湖之乌、无和芜一样。由此，人们也可以追思到这里的古代文明与中国乃至周边国家文明的更为广泛的联系。

理解浙江文化有一点是至关重要的：它是多种文明的汇集。综观世界史，最有活力和创造力的文明皆是多种文化相互作用融汇而成的，且也是包纳兼容多种文化元素的文明，远的如古希腊文明，近的如英、美文明。在文明源流相对单一的中国，浙江却以汇聚了多种文化源流而自成一体为其鲜明特色。自上古的河姆渡文化、良渚文化，此后或同时的百越，稍后的越国文化，佛教文化，不同时代南渡的中原文明，来自周边的海上文明，累积层叠，洎乎近世，来自欧洲的文明更是呼风唤雨，推波助澜，自我陶铸。浙江历史上各类人物辈出，正是这种文化多样性和丰富性潜移默化的结果。扼制或消灭文化多样性，是扼制社会发展的撒手锏，除了维持专制权力，并无其他的积极意义。

今天重新审思这些历史现象，以为一个国家只要保持自主的心态和立场，不同文明和国家之间的交流，始终就能发挥积极作用。譬如丛书中提及的明朝抗倭，实在有重新研究的必要。整个事件，固然有倭寇侵扰的事实，但其中也涉及当时正兴盛的中国与东南亚一带海上贸易。尤其一些从事海外贸易的本土商人也被视为倭寇而遭到剿灭。明朝政府的狭隘和怠惰，将领的贪功，最后以实行愚蠢之极的海禁恶政，禁止海外贸易告终，从而扼杀了沿海一带经济发展的大好形势。

浙江山水独特，但有独特山水的并不限于浙江。因此，人的行为和社会的规范乃是构成一地一国独特性的根本。人造就了历史与山水的特色与变化，如西湖兴废，白堤和苏堤的构筑，西溪的危亡与挽救。这套读本的八个主题分别展现浙江社会历史的不同层面，要参照起来阅读才有助于全面理解浙江人及社会行为的特征。

由这套丛书人们也可得知，浙江虽为富庶之地，历代统治者对浙江需索甚殷，但优惠政策和待遇却很少。在明代，朝廷不断地将江浙一带富户和工匠强制迁徙至北京周围，以及实边，对江浙经济造成严重的损害。明清两代，江浙也是朝廷赋税的主要来源，但又十分不放心，严厉监控当地士林情状。有清一代四大惨烈的文字狱，有三案发生在浙江，主角为浙江士大夫，荼毒弥广，尽管这另一方面也让人领略了浙江文人的独立精神和胆量。

今天，浙江文化外在层面的独特性愈形薄弱，而内在心态、规范和行为方式的独特性虽然勉力保持，却也缺乏施展的足够空间。绍兴是中国最古老的一个城市，也是世界最古老城市中的一个，它的独特性，它原本鲜明的城市格局、建筑和器物总体上不复存在，被改造成了一个几无特色的拼搭城市，与其他缺乏历史和文明深度的城市毫无二致。在中国现代化的进程里，因已有他国的经验和前人的告诫，这些独特性原本是相当容易保存下来的。

浏览一过《浙江历史人文读本》，以为整套读本很平实，有些分册颇具可读性，如五色影音中浙江绘画部分，大长知识。但有些分册也过于平实，随手写来，没有构思，近乎没头没尾。普及读本除了事实要可靠，还要有趣味。这套由一个个故事串起来的历史读本，要讲得动听，是要讲究材料的选择和裁剪的。学者并不一定能讲出动听的故事，更何况，即便都是真实的材料，也不一定能够说出真实的历史。比如，在这样一套专讲浙江人的丛书里，蒋介石和张静江这样人物竟然没有相应的位置，这是会令一般读者都叹息的。

写到这里，想到零三年我在德国一个名为鹿角的古堡里住了九天，为了了解这个古堡，从网上搜索到了它的历史，在维基网上有这个古堡的极其详细的文字和文献资料。由此，你可以了解鹿角古堡的每一任主人，它的每一处建筑，它曾经领有的其他领地。相比之下，那些比这个小镇规模大若干倍的中国著名历史城镇，在维基网的汉语版上，多数只有几行，至多也就一、两页的历史。然而，中国有方志的传统，每一个县有专门的方志机构，它们工作的成果如果都能放在如维基这样的公共网页上，使人们可方便地获得，那么对国人认识和理解自己的历史和文明，热爱自己的故乡和国家，将有莫大的助益。

由此进一步想到，一部中国历史，包含多少的乡土故事。不去记录，不让记录，它们就永远消失，成了历史中的谜案，而整体的历史也就会断裂得七零八落。在今天的自媒体时代，中国乡土的历史和故事其实除了专家，也可以由有兴趣的其他人士来写。至少在目前对许多人来说，文化认同还是自乡土中国开始，乡土社会是人的日常生活世界，而认同关涉历史，经此构成由一个个乡土及其历史连接起来的中国。

去年仲春，我们朋友一行到金华一游，说来惭愧，这是我第一次到金华。甫登上八咏楼，历史的风云仿佛扑面而来，众人放声高吟“千古风流八咏楼，江山留与后人愁。水通南国三千里，气压江城十四州。”今人的意气经由李清照的绝句一时与宋代先人的气概接续了起来。

故乡山水就如我们的体肤，而亲人戚友就如血脉，与生命同在，山河虽然变色，但那巨变之前的故乡仿佛已经长在身体之中，而它们也就将陪伴我们终老。好的乡土的人文读本就是它们的外在观照。

2015 年 1 月 3 日写毕于北京圆明园东听风阁

发表于《中华读书报》，2015 年 2 月 25 日 11 版

沈老师与留下小学

坐在南院的长凳上，盯着那几棵几乎修剪到根部的月季。三月上旬气温陡升时，依照网上查到的方法给它们剪了枝。孰料，北京气温一时骤降，最低温度到了零下五、六度。天还暖之后，每天午前饭后，就会盯着这几颗月季看，数一数从低矮主干上冒出的新蘖。嫩蘖芽是玫瑰红的，这是以前不知道，也不曾关心过的。三棵最粗壮的月季却没有出新芽，心想它们什么时候会冒出来呢？要是在边上种上几棵竹子，景观会更文一点。文气的竹子郁郁葱葱，故乡小学后面那片竹林，葳蕤而神秘，这乐游不疲的山野，应是消失了。春山之麓的校园，小学的沈栖卿老师如今何在呢？

从竹林往下穿过一片茶地，就是学校上操场，小学生的游乐园地，不大，只是山脚边填出来的一块泥地。操场下去是教室。下课铃一响，腿快的同学就奔上操场，兴致一高，直接窜进茶地、竹林。江南冬晨，冻得人僵手僵脚，高年级学生就常在上操场做攻城游戏取暖。攻城游戏中，守方首先要守住攻方出城的一条窄窄的通道，不让他们冲出来直攻守方的大本营。攻方人员被推出标示通道的线外，就算身亡。攻入大本营一刻颇似美国橄榄球比赛，众人角力。这个游戏对抗激烈，需要力量，自然有趣。沈老师有时也会加入，她微胖的身材，体量比他的学生要大一些，不过，力量也不一定大过高大的同学。冬天最冷的时候，第一节课前各班的班主任会带同学一起跺脚搓手取暖。实在冷不过，沈老师就会带我们班同学到上操场去攻一会儿城，有阳光的日子，室外要比室内暖和得多。

上课之余，我们还有几项课外活动。在山脚，高年级班都有菜地，掘地、种苗、锄草和浇肥，都要由同学来做。这些实在的农活，除了翻地，学生尚可胜任，农民家的同学在家里也要分担一些这样的劳动，在与乡村亲密无间的镇上，居民家的孩子也难免要做类似的生活。沈老师不善于做这件事，却很认真地与大家一起劳作。每当收获时，大家都很开心，每个人都有份，但我们的产量不高，况且农活也不是每个人都喜欢。

沈老师擅长音乐和编排节目，我们班的表演在学校最出色。节目排好，就到街上、周围部队和村庄去演出。那个年代，人们热衷举办各种表演和汇报演出大会，大体一致的内容和程式，尽管它是政治任务和义务，但人们毕竟可以借此发泄精力，获得一点快乐。沈老师说我五音不全，所以，她上音乐课，我总是心不在焉。但排练节目沈老师则总叫上我。唱歌不准，朗诵还行，在那种程式化的表演中滥竽充数，也是少时的正规经历。

这样的排练和演出，我并不喜欢，有一件事却让我终身受益。那是一九七〇年，毛泽东发表了著名的五二〇声明。这是天大的事情，学校当然要宣传。沈老师要我照那个声明编一个朗诵稿，写完之后她做了修改，最后竟用来排练了。那时我理解的诗，就是分行，是否还懂押韵，现在记不清了。那个声明原本情绪充沛，语气激昂，很容易摘出一些朗朗上口的句子。回想起这件事，脑子里浮现的是一张涂划得满纸狼藉的作文纸。这是我写的第一首诗，它激发了我的诗歌兴趣，原因很简单，我写的东西竟然可以用来演出。

从小学到中学，所有课程里大约要算语文课的内容最为杂乱，可最吸引我的也是它，尤其是作文课，除了自小好读书，还因为语文是沈老师教的，我的作文常受表扬。我写得最好的应是记叙文，编同学和他人的好人好事。讲评作文时，一个学期总有几次沈老师拿我的作文当范例。在作文本上，看到句子下面的道道红连圈，不免骄傲，也鼓起少年的雄心。我以后在职业生涯中的坚持，部分原因也可远溯至小学时这样的经历。不过，骄傲在当时是要受批评的缺点。我的算术和数学向来也不错，成绩比语文还略高一些，不过，数学老师批评我骄傲的次数也要多一些。记忆中最早的算术老师是谦谦的周校长，他沾着一块块粉笔灰的整齐的中山装下挟着一把大三角尺，走回办公室，亲切地喊着我的名字，叫我要谦虚，上课要认真。

多年之后，假期回留下省亲，我去看沈老师，她拿出她藏着多年的我小学的作文本给我看，并说，许多年来她常常拿它给她后来的学生作范文讲解。那一刻，一时觉得难以承受沈老师的厚爱，感动无以名状，却也为自己蹩脚的字迹难为情，并冒出了不应该的念头，留下小学后来就没有优秀的学生吗？

在我写下这些文字时，记忆深处的许多事情渐渐浮现在眼前，小学的老师和同学，当年亲切、温馨、杂乱和古旧的小学生活场景都一一回放出来。而今，这样的场景，它的建筑和格局已经消失于历史的变迁，了无痕迹。小学母校现在只活于我的记忆里：同学们依然嬉戏和奔走在它的教室和花园之间，下操场土台左边的那一棵冬青枝干上还偎着三两个调皮的男生。

故乡小学的全称是留下镇中心小学。除了上操场，学校还有中操场和下操场，亦依地势和位置命名。下操场用来开大会。它是镇上最大的公共场所，“文革”中的许多批斗会也在这里召开，那时学校多数没有围墙，会开完之后，“地富反坏右”分子直接就被牵到街上去游街。

中操场稍小一些，四周围以土墙和房舍。有四个门分别通往办公室、茶市街、屏基山和一个内院。学校的郑重仪式通常在这里举行，一九六五年，我在这里经历了参加少先队的仪式，也在这里学会“找朋友”的舞和歌。在中操场边上有一间唯一的平房，我一年级的教室就在这里。

一年级的班主任是任老师，她人很认真，脾气也有些暴躁，记得有一次，她发了大火，用脚踢黑板，飞起的皮鞋敲出彭彭的声音，我一直在那里担心那块黑板会砰地一记塌掉。那个年代，黑板由两根高跷一样的架子架着一块黑漆木板搭成。假期里，学生淘气的时候也真会把那两根架子当作高跷来踩。任老师是四川人，随军家属，她的名字、她的形容身材我至今也记得。大约到我们二年级时，她随丈夫离开杭州，沈老师就接了班主任。我一年级时大约不算是好学生，所以在第二批才加入少先队。后来，任老师曾回学校来看过，沈老师还专门把我和班长叫去见她，突然之间，我觉得她略显强悍的面容笑起来也很和蔼。

关于沈老师的记忆多是亲切和具体而微的：玉色圆框的眼镜，往上推眼镜时鼻子一耸，慢吞吞地走路，圆圆的脸庞，带杭州城里口音的普通话。去岁秋天在赴杭州的高铁上，往笔记本电脑里打了一千余字来写沈老师，但文字如窗外景色，一闪而过，亲切的、醇厚的沈老师未能舒展出现，于是放下不写。

今年夏历正月初四与中学同学魏海仙去浙江医院看望钟唐老师。江南冬月，院子里满目苍翠。钟老师九十二岁高龄，见是我，稍惊而喜，一时师生兴致勃勃。钟老师的笑容还如几十年前那样灿烂，笑声照旧爽朗，但话语则不再滔滔如河了。让我惊奇的是，当年生着糖尿病而病病恹恹的师母，比钟老师大一岁，现在反而更有活力。钟老师已经坐在轮椅上，她却行走无碍，还说钟老师记性不好了。我们直夸她越老越健旺，她又告诉我们，她十八年前因牙床癌还开过一次刀。因钟老师长期住院，一时竟失去联系，在海仙的协助下，终于能在新年为钟老师拜节。离开时，心情难以平静，走在樟树华丽而巨大的树冠下，沈老师的事又油然在眼前。

留下小学的历史相当悠久，好像也颇出了一些人物。我们上学时的校址在屏基山脚，校舍是 1932 年由当时定居在留下镇的一位国民党上将发起，会同镇上士绅集资建造而成。1933 年正式启用。学校当时起校名为“杭县县立留下中心小学”，“留下中心小学”的名字一直到我们读书时还在用。它是杭州比较早的一所新式小学，规模在杭州乡镇里也首屈一指。小学的格局很周全，有礼堂、操场、庭院、附属幼儿园。最令人喜欢的是，它有一个小花园，园中还有石桌石凳，“文革”中它们不知被扔到哪里去了。

我入学时，学校新建了一栋二层洋房的教室楼。当时有同学说，甲班比乙班好，因为他们的教室分在楼房。乙班差一点，教室就在平房。我在乙班，不过，我就觉得乙班好，因为小花园就在我们教室门外，一下课就可以跳到花园里，直接钻进山坡上浓密的灌木丛里。比起鲁迅那个著名的百草园，这个花园可算是亚马逊丛林了。最重要的，乙班还有沈老师。甲班班主任张老师衣冠楚楚，很有派头，不过，从来不跟同学玩，而我们班同学放学后却可以跟着沈老师到她家里去。

沈老师的家在镇上茶市街一个名叫“公兴墙”（拟音）的大宅后院。院墙的外面就是屏基山麓。墙内后院有一个花园，园里有一座假山。镇上还有一座假山，建在镇（公社）政府的大院里。沈老师的母亲见我们，用糯糯的绍兴口音跟我们说话，内容全不记得了，只是眼镜后面那满脸皱纹的慈祥，一只波斯猫，历历在目。有人说沈老师家里是地主。当时的教育说，地主是坏人，因为他们有钱，剥削穷人，而且总想变天，复辟旧社会。笑眯眯的沈老太太则和善得很。“地富反坏右”在留下街上比比皆是，天天相见，小孩子不太把这些放在心上，通常凭直觉来行事。

我与沈老师有过一次冲突，事情起因于我为同学打抱不平。有一次在学校礼堂上课，沈老师批评了班里一个郑姓同学。我不知出于何故站起来为这个同学辩解，说那同学并没有做沈老师批评的事，具体是什么事，现在也是全忘了。只记得沈老师很不高兴，严厉驳斥了我的理由，我也回了几句嘴。这事演变成了我与沈老师的顶撞，那位同学则成了不相干的旁观者。从小学到中学，我多次受到老师的批评，在课上公开顶嘴大约就是这一次，印象至深。当时的不服气，现在似乎还能嗅到它的味道。

青少年时代，经受的艰难困苦总的来说要远多于愉快的事情，但单单将小学和中学生活独立出来，则快乐记忆要多于困苦。有的经历在当时觉得是沉重的打击，而在我进了北大之后，在反思中，领会到它们实在是人生的营养。

我在四年级遇到了人生的第一个重大挫折。当时学校要从我们年级两个班各选一名成绩优秀的学生跳级。按成绩，我在班里始终是第一名，级却没有跳成。沈老师找我谈话，说因为我犯了一个错误，学校不同意。什么错误呢？就是有一次我和一帮男孩在山上比谁尿得远。少儿时代，我的嬉戏之地不是在山上，就是在水里。杭州城西的山，山腰以下通常是梯田状的茶园，再上面就是树林。当时，攻山是小男孩喜欢的一种游戏。众人分成两组，一组守在上层的茶地里，另一组往上攻。茶地有坎，颇似电影里的阵地。武器是茶地里的黄土，黄土松软，打在身上会疼，但一般不会致伤。攻山游戏结束，伙伴们就兴高采烈地站在土坎上比谁尿得远。这也是镇里村上小男孩常玩的把戏。在村里，地里劳动的青少年也常常这样寻开心。

这样的乡野游戏，印象里我就参加过一次，但恰恰被同学告诉了老师。即便在那个时代，小学老师的口味还倾向于小资情调，以为这样的事情不雅。我记得很清楚，在教室与学校办公楼之间的穿廊里，沈老师坐在石阶上找我谈话，说因为这个事情，你跳不成级了。她还说，低我们一级的卢老师因为尚未结婚，还不愿意去跟她班里同样淘气的蔡姓同学谈话。那个蔡姓同学是我少年的朋友。

跳级在当时成了优秀学生的标志。没有跳成级，在很长一段时间内，我既沮丧，也很不服气。它是否成为激励的力量，即使到现在我也说不清楚。后来想起此事也常常反省，这个挫折其实大有益处，它至少培养了我承受打击的勇气和耐力，使我有经验应付中学乃至大学期间遇到的其他挫折。

小学的许多事情，那么奇怪有趣，现在想来，生命的活泼和意义就是由这些点点滴滴生发出来的。好几个年级的小学生们背着锅碗米肉菜，走好几里路到老东岳，在山脚选一块开阔的田地，埋锅造饭，野炊啊，这是现在的老师连想都不敢想的事情。而在春日的野地林间，小男孩小女孩们垒起一个个野灶，凭空生起一缕缕炊烟，大家捧着饭碗，跳来奔去地品尝各个锅里的菜，这样的快乐今天难以再造。在这些奔跑喧闹的场景里，沈老师隐没在了后面，只露出一个微笑。

每次听到“长亭外，古道边，芳草碧连天”，这些遥远的景象就会被激活：从那个与屏基山与古镇连成一体的小学出发，沈老师带着我们班同学，在杭州西面铺着石板的山道上行进，穿过一个个树荫下水田边的古亭。这遐想沿着江南古道上一里接一里的长亭，一直回溯到许多年以前的淳风古韵。

2016 年 4 月 30 日改毕于圆明园东听风阁

从段子到散文的学术史

——《理智并非干燥的光》序

二〇一六年岁末一天，收到来自舟山的电函，应奇命我为他即将出版的第三个随笔集写一个"简序"，并申明这是先前说好的。我一面回函表示颇感惶恐，为朋友的书写序似不合适，况且去年底在一篇书评里，我还建议应奇搁笔小歇一阵。一面我又费力回忆，何时与应奇做了这样一个约定。

最近的见面是在十一月上旬，其时，国清教授等友人邀我到浙大和浙江财大做两个学术讲座。正是深秋季节，比起霾都的肃杀和迷茫，江南还有别样的爽朗和明净。念及此，就不免思乡与思友，于是，行成于演讲，而志在于故人与山水。便约军英、应奇和国清做桐江游。应奇正在舟山的一个岛上养伤，右臂骨折不良于用，便以左手发短信表示，即使独臂支撑，也要从舟山赶来，与我们同游富春江。

六日我们从杭州驱车南下。一路上，应奇说了许多事，无非北上亦有无奈，浙大不免烟云。这是我第一次上子陵钓台，这个自小就知道了的名胜，先前竟然没有起兴来访过。《与子陵书》是我最喜欢的一叶尺牍，气魄宏大、霸气逼人又曲尽朋友之谊，而《钓台的春昼》隔一段时间就会想起来阅读一番，唯没有踏足这片山水。心中或有一种担忧，这些文字造就的意境会随亲见而消散。

搭乘晚秋最后一天傍晚的末班轮船，我们一行到了钓台的码头，未访祠堂，穿牌坊径直上东台。设施比想象的好，但“云山苍苍，江水泱泱”还是减了几分，眺望之中，偶有颜色和式样恶俗的建筑乱入眼帘。不过，秋冬之际山浮微岚，从钓台俯视，江水静流，从群山来向群山去，顿时兴致昂然。哲罕取出国清备好的茅台，在这严光先生枯坐过的高崖之上，为军英庆祝五十六岁的寿辰。军英是江南词坛名家，酒激词兴，说如此好友，对此胜景，恰逢生日，今晚一定要填一阕。[①] 林风晚霞，嬉笑谐语，自如

---

① 几个月之后某晚，余忽然性起，填水龙吟一阕补记此游。

先生垂钓高台，几番明月风波后？
鸿图大业，愿君为杖，不臣而佑。
箕山颖水，本非帝望，子陵回首？*
问钟情何物，扁舟蓑笠，云翻雨，人空瘦？

正是晚秋时候，携佳酿，慕贤来叩。
当年意气，才华挥霍，八方奔走。
今日登临，凭虚怅望，经纶谁手？
对桐江，为约来春花节，且先歌酒。

二〇一六年十一月六日与军英、应奇和国清等诸友登富春江钓台，拜谒子陵先生，是为我初游。见此遗迹，心中便生疑问，求诸山水而不答，有所感而得几句，惜不成阕。今晚忽然有悟，敷陈为篇，调寄水龙吟。二〇一七年一月二十五日夜记于听风阁。

* 汉光武帝刘秀《与子陵书》:“古大有为之君，必有不召之臣。朕何敢臣子陵哉！惟此鸿业，若涉春冰，譬之疮痏，须杖而行。若绮里不少高皇，奈何子陵少联也！箕山颍水之风，非朕之所敢望。”

流出。应奇架着一截负伤的右手，左手很有力地喝着茅台，他本性自在，亦是明证。

大概就在诗酒山水笑谈之中，应奇说了出版第三部文集的事情，并要我写序，我随口即答应了。或许觉得这个集子不会那么快出版，从杭州回到北京，我就把此事忘在了脑后。但眼下，序还得写，既然答应，即便一度劝他歇笔，仍旧没有收回诺言的理由。

应奇这三集的文字都属于同一类型，他先前称之为段子，现在则命名为散文。这类文字究竟用一个什么样的名词来指称，在学术眼光之下，确实也是一个难题。现成的名词有笔记、札记、漫笔、小品、杂文、随笔和散文等，不一而足。散文原本用来指一切韵文和骈文之外的文字，但在今天，它过于文学化，用来指应奇的文字似乎也不太合适，不过，应奇目下喜欢这个说法。我则姑且称之为随笔。

回想迄今所读过的文章和书籍，随笔一类占了一个大数。譬如到今天的年纪，我一般不会再去读小说，但这类杂集则总要放两三册在案头，随时翻阅。最早读到的此类文字是鲁迅的作品。在那个天下书籍差不多禁了百分之九十九的时代，这种随兴的文字也只有鲁迅的才可以公开发行和阅读。只是到了文禁小开的上世纪八十年代，才见识到这样的文字和集子原来浩如烟海。大约自八十年代中期起，我断断续续地搜集过一阵子笔记杂文集子。在我的阅读中，从《世说新语》、《梦溪笔谈》、《武林旧事》、《松窗梦语》，一直到《管锥编》，读来如行山阴道上，应接不暇。

要说在所有这些随笔里面，我最喜欢的是哪些，却也有些犯难，因为这类文章杂得各有千秋。比如但就文字论，在现代，郁达夫的散文最令人喜欢，简洁干净，状景摹情又是那样的中肯。但就雍容典雅，品评人物而又不动声色言，自然首推《世说》。就学问知识说，现代的应该没有什么作品能出《管锥编》之右。

应奇的散文既品评人物，亦讲求学术，因此它的旨趣当在《世说》和《曹聚仁学术思想史随笔》之间。

刘义庆摘抄引述各种旧闻，汇为一集；那个时代风尚清谈，人物“讲究言谈容止，品评标榜”，却为唐诗宋词预备了用之仿佛不竭的典故。因为风俗和趣味的改变，《世说》后来渐渐有了讽刺的意味，但其中许多故事放在今天，依然令人向往，如王子猷雪夜放舟往访戴安道的事迹。应奇游水的经历是自述，游野泳乃其本性的展现，与王子猷的性情也有三分相似。

应奇早期段子也有《世说》一般的品评风尚。不过，他说及的是同代的人，且多是熟人故旧，事在臧否，人涉月旦，在今天看来，似乎委婉，不过，比之于《世说》，或许还要直白一点，因为那个时代的士大夫更讲究容止，即以事说人，所谓春秋笔法，也是可行的。今天的知识人趋于平民化，话说得太过委婉曲折，不易领悟，更何况现在每天过眼的文字资料不计其数，而世务又那么多，没有多少人会有时间和耐心来反复回味。而如几百年人们一再咀嚼《世说》的事情，终要渐渐消失。

从内容上来说，应奇的文字与曹聚仁的学术思想史随笔有相近之处。一本《曹聚仁学术思想史随笔》我随意地读了好几年。此书虽然随手写来，却以中国古典学术精华为底气，只要读懂，那么就会明白，现在不少复古派新儒家原是绣花枕头。应奇那些由购书讲到观念和学术、再进而论及人的篇章，也颇有学术观念史的风采。不过，曹聚仁的集子是精选，纯在学术思想史，而应奇的集子则要兼容并包，人物交往史与夫心路历程一概纳入。曹聚仁在说学术之事与理，虽然下笔随意，条理却相当清楚。应奇先前的段子多半在追思自己的书事，由此而至思想的关联和人物的交往，落笔看似随意，却是精心筹划过的，所以不免有幽微曲折的难解之处。但他讲思想和学术的明白处，与曹文恰成对应，就如诸暨与浦江相邻一般。

我之有兴味读这些随笔杂文，除了知识以外，还因为作者大都随性而叙，道德楷模人生导师的外衣一概不需披上，架子也不必搭足，立地说开去，讲到哪里是哪里。我喜欢郁达夫的散文，除了文字的明净，总也有这一层缘由。然而，即便民国随笔离我们很近，其中人物毕竟不是我们切实接触过的人。

应奇的文字不同，除了他那些译事所涉及的思想史及相关作者，他文字中多数的人物是当代的人，或是学界前辈，或是朋友和熟人，或谋过几面，读过其三两篇文章，或至少也听人说起过他们的行事。应奇起先将自己的这类随笔标为段了，他的桥段除了那些太过幽远的曲笔，说的也是我们周围环境中的事件。常人对之或一笑而过，或木知木觉，而应奇敏感，以其独到的眼光将其拎出，让人们看到其中的奥妙。

应段子的早期作品很有一些文气，以书事、学术史和人物小志来突现自己的怀抱，也有时兴的风味。现在他自诩有了中年情怀，文字竟也渐渐透明起来，而让人物和事件自主行动。不仅如此，因我劝他暂时歇笔，他在起劲写了如此许多篇什之后，却命我写个序。我终于顿悟，在他那时常突兀而起的狂放的笑声之后，隐藏着的不只是狡黠，还有不浅的智慧。

我最早是读应奇的书而知道应奇其人。不过，读他的《后自由主义》一书，以为他是一个文雅得而至于后现代的人。第一次见他，是十几年前在杭州的一个会议上，他受汪丁丁之托来请我去参加一个座谈。但初谈之下，应奇就以其特有的强力拍击让我觉得他其实相当现代。应奇自称一见如故，而我以为至少两三见之后才是如此。我认为朋友是老的好，就如现在的应奇，一见如故的事情好像比较少见。后来觉得应奇颇有个性，文字往来就多，不知他是否也觉得这就是同气相求？早先，他的轶闻多，所以他自己的段子先于他所写的段子流传于学界。二〇一一年春鉴于各种传说，我一时兴起写了四句赞颂他："紫金港里人疾走，小雅堂前风自来。应是奇文天外雨，西施舞上楚王台。"我附了一小注说明："应大侠说话为文，神出鬼没，小雅堂上皆是机锋；又常深夜奔走于浙大校区，神龙见尾不见首。"用应奇的话说，里面还颇有些掌故。如应奇出生于诸暨，为西施乡人。又如小雅堂是他为自己起的斋名，位于浙大紫金港高尚住宅区。

应奇对自己和自己的段子有相当高度的自觉，这一点令我相当佩服。他会将自己段子的微妙之处分析给我听，得意地问我：此处是否足够毒辣？毒辣在他看来是文章的一种大优点，而我却常常不能领会。不过，这种毒辣在这一集中不太看得到了，大概这也是应奇转向的一个标志。

收到应奇发来的《理智并非干燥的光》文集的一天，忽然停电，所有活动一时仿佛进行不下去了。枯躺在卧榻上百无聊赖地遐想，现代生活都是依有电来安排其方式，而一旦无电，它们也就难以为继了。于是想到，应奇先前的段子也围绕他自己的藏书、阅读、交往和趣味而展开，没有这样一种知识，他的段子的许多妙处就难以为人领会，其所隐含的包袱也无法抖开。他现在的散文体现了一种转向，所叙的事所述的人，乃至观念和思想，竟可以自主独立了。当应奇把他的《布法罗那明灭的灯火》发给我时，我就回复他说，“此篇写人物已至妙境，余纪元的形象跃然而起，亦举重若轻而十分中肯地刻画出其至深的内心……尽最大的努力让自己的段子不朽，竭尽全力写出了最好的一篇。”

应奇还有一种本事，在一天之内写出一长篇段子，又或用一长篇段子写出一天的光景。而在这一天中，他上下古今，遨游八极，但都是书中楼阁，纸上春秋，字里玄黄。应奇用“走天呵白鹿，游水鞭锦鳞”为其文作解，由此，段子也就成了典故，而非掌故，散文也有了诗意，而非单单记事。它的毒辣之处，就在于让他人断了与其辩论的念头。我对应奇说过，游水记是本性，姑苏游是雅兴，他以为很贴切。但在读了他用文言写的跋之后，我体会，在本性和雅兴之外，中年情怀之余，应奇尚有李凭中国弹箜篌的浪漫。这样老辣的文言由应奇写了出来，于浙大的文史传统实在是踵其事而增其华。

2016 年 12 月 29 日写成于北京褐石园听风阁

刊于《理智并非干燥的光》，

杭州，浙江人民出版社，2017 年